최악의 상황에서 살아남는 법

생존 지침서

조슈아 피븐 · 데이비드 보르게닉트 공저
양은모 옮김

문학세계사

The
WORST-CASE SCENARIO
Survival Handbook

By Joshua Piven and David Borgenicht

THE WORST-CASE SCENARIO SURVIVAL HANDBOOK
by Joshua Piven & David Borgenicht

Korean edition © Munhak Segye Sa, 2014
Korean translation rights arranged with Quirk Productions, Inc.,
through Shinwon Agency in Korea.

경 고

　사람은 누구나 살아가면서 위험하거나 긴급한 상황을 만났을 때 안전한 대비책을 갖고 있지 못할 수도 있다. 이 책에 제시된 최악의 상황에 대처하기 위해서는 전문적으로 훈련받은 전문가와 상의하는 것이 최선의 방법이다. 그러나 위험에 처했을 때 고도로 훈련된 전문가가 항상 곁에 있을 수는 없기 때문에 긴급 상황을 만났을 때 그들이 적용하는 테크닉을 설명하기 위해 우리는 다양한 주제들에 대한 전문가들의 조언을 요청했다. 그러나 이 책에 기록된 어떤 행동도 당신이 직접 시도하지 않기를 바란다. 이 책의 편집자와 저자, 그리고 전문가들은 당신이 여기 실린 정보를 맞게 사용했든 아니든 일어난 결과와 손해에 대해서는 어떤 책임도 지지 않을 것임을 밝혀둔다. 여기에 실린 모든 정보는 전문가들로부터 직접 입수한 것이지만, 우리는 그것이 완전하고 정확하고 안전하다거나 당신의 공정한 판단과 상식을 대신할 수 있는 것인지는 보장할 수 없다. 그리고 마지막으로 이 책의 어떤 내용도 다른 사람의 권리를 침해하거나 형사상의 법규를 위반하는 것으로 해석되고 설명되어서는 안 된다. 우리는 당신이 모든 법률에 복종하고 다른 사람의 재산권을 포함한 권리를 존중해 줄 것을 강력히 요구한다.

목차 ——————

제1장 피하기와 들어가기

제2장 최선의 방어

제3장 믿음을 가지고 점프하기

제4장 응급조치

제5장 모험에서 살아남기

생존의 법칙

멜 디위즈

생존 방법을 가르치는 교관으로서 나는 많은 교육과정을 개발하고 저술하고 훈련에 참가했으며, 또 세계적으로 10만 명 이상의 학생과 시민, 해군 조종사, 그리고 엘리트 네이비 씰(Navy Seal : 해군 특수부대)팀을 교육시켜왔다. 그러니까 북극권에서 캐나다의 삼림지대, 필리핀의 정글에서부터 호주의 사막에 이르기까지, 30년 이상 생존 훈련을 해온 셈이다. 나는 그 오랜 세월 동안 살아남는 방법 몇 가지를 배웠다고 말할 수 있다.

상황이 어떻든, 산악지대에 나가 있든, 비행기를 타고 있든, 혹은 자동차를 타고 들판을 가로지르든, "생존"이란 죽지 않고 살아남아 존재한다는 의미이다. 존재할 뿐 아니라 계속 살아나가는 것을 뜻한다. 결국 어떤 절박한 상황 속에서도 살아남는 것에 관한 모든 것을 이르는 말이라고 할 수 있다.

* 당신은 정신적·육체적인 준비는 물론 필요한 장비를 갖춰야 한다.

나는 북극지방에서 받았던 훈련을 최고의 생존체험이라고 부르고 싶다. 북극지방은 매우 가혹하고 무자비한 환경이지만 에스키모인들은 생존할 뿐 아니라 세계의 꼭대기인 그곳에서 삶을 영위하고 있다. 북극지방에서 훈련을 받기 위해서는 필요한 모든 것을 가져가야 한다. 현지에서 조달할 수 있는 것은 거의 없다.

어느 날 아침 우리는 이글루 안에 옹기종기 모여서 몸을 따뜻하게 하며 차를 마시고 있었다. 그런데 나이가 많은 선임 에스키모 안내인이 다른 사람들에 비해 차를 여러 잔 더 마시는 것을 발견했다. 나는 '몹시 갈증이 나는가보군.' 하고 생각했다. 그리고 나서 우리는 얼어붙은 경관을 가로지르며 이동했다. 캠프에 도착한 후 그 안내인은 작은 언덕 위를 여기저기 돌아다녔다. 젊은 안내인이 그의 말을 통역했다.

"이곳은 여우가 주위를 살펴보러 올만한 곳이래요. 그러니 덫을 놓기에 아주 좋은 장소라는 거죠."

노인은 철제 덫을 꺼내더니 그곳에 설치하고 쇠줄을 길게 늘어뜨렸다. 그리고는 놀랍게도 쇠줄 끝에 오줌을 누는 게 아닌가!

젊은 가이드가 설명했다.

"오늘 아침에 그가 차를 많이 마신 건 바로 덫을 고정시키려는 목적 때문이었어요!"

쇠줄은 정말 땅바닥에 단단히 얼어붙었다.

우리가 얻은 교훈은 임기응변의 수단과 즉석 준비는

생존과 직결된다는 것이었다.

＊ 생존을 위해서는 정신의 중요성을 무시해서는 안 된다. 특히 공포에 사로잡히지 말고 차분하게 마음을 가라앉혀야만 한다. 그리고 의지력이 가장 중요한 생존기능임을 기억하라. "포기"라는 무서운 병에 걸리지 말아야 한다. 이 모든 정신적인 힘은 피할 수 없는 실수를 저질렀을 때 작용하기 시작한다.

필리핀의 정글 속을 여행할 때 노인 안내자 구니는 우리가 이동하는 동안 몇 가지 식물을 채취했다. 캠프에 도착하자 구니는 대나무를 솜씨 있게 잘라서 요리 냄비로 사용할 수 있게 만들었다. 여기에 모아온 나뭇잎들과 달팽이, 그리고 망고를 몇 조각 썰어 넣고(달팽이는 느리기 때문에 노인만 잡을 수 있고 빠른 새우는 젊은이들이 잡는다고 그는 말했다), 타로토란의 잎을 그 위에 넣고 물을 부은 다음 대나무 요리 냄비를 불에 올려놓았다.

정글의 멋진 식사를 끝내고 우리는 잠자리에 누웠다. 밤중에 나는 목이 아프고 붓는 느낌과 가려운 것을 느꼈다. 우리는 문명과 멀리 떨어진 칠흑 같은 어둠 속에 있었고 내 목은 점점 좁아지고 있었다. 다음날 아침이 되자 상태가 악화되어 나는 숨쉬는 것도 힘들게 되었다. 교관도 같은 증세를 보이고 있었다. 증세가 같다는 것에 마음을 놓은 우리는 문제의 원인을 찾기로 했다. 그 원인은 타로 잎사귀를 충분히 오래 끓이지 않았기 때문인 것으로 밝혀졌다. 회복된 후에 나는 어렵게 배운 교훈을 마음속에 새겨 놓았다. 즉 정글에서 오래 산 노인도 실수할 때가 있다는 것이었다.

우리는 모두 실수를 한다. 그것을 극복하는 것 또한 생존이다.

＊ 살아남기 위해서는 계획을 세워야 하는데 다음과 같은 기본적인 것들을 준비해야 한다. 신호를 보낼 수 있는 방법과 구급약품은 물론 식량, 불, 물, 피난처 등이 그것이다.

나는 다른 정글에서 받았던 군대의 서바이벌 훈련을 기억한다. 열대의 환경은 어디로 가는지 알기만 하면 서바이벌 훈련 중 가장 쉬운 코스 중의 하나다. 식량, 불, 물, 피난처 등 생존에 필요한 모든 것을 제공해 주기 때문이다. 당시 우리는 절실하게 물이 필요했지만 "적"이 우리를 추격하고 있었으므로 갈증을 풀기 위해 시냇물이나 강으로 방향을 바꿀 수가 없었다. 적은 우리가 물이 필요하다는 것을 알고 있었고 우리가 갈만한 지역을 감시할 터였다. 우리를 안내하던 페페는 그의 긴칼을 나무 칼집에서 꺼내 직경이 8-10센티미터쯤 되는 두툼하고 포도처럼 생긴 덩굴의 윗부분을 잘랐다. 그리고 그것을 얇게 잘라서 바싹 마른 내 입술 위에 얹어놓았다. 그 기막힌 맛이란! 거기서는 전부 합해서 거의 큰 유리잔을

채울 만큼 물이 나왔다. 그는 또 등나무 덩굴을 잘라서
도 비슷한 양의 물을 얻었다.

그날 저녁 우리는 타보이 나무의 줄기에 금을 내고 그
밑에 대나무 튜브로 만든 통을 여러 개 밤새 대놓았다.
다음날 이른 아침 우리는 통에 담긴 물이 모두 6-7리터
나 되는 것을 보고 놀라지 않을 수가 없었다.

다음날 비가 오자 페페는 키가 크게 자란 풀을 한 다
발 잘랐다. 그리고는 겉껍질이 매끈한 나무를 골라서 풀
로 나무 둘레를 감싸고 꼭지를 만든 다음 그 밑에 대나
무 통을 받쳐 놓았다. 나는 그가 만든 필터의 품질에 대
해 반신반의했지만 그것은 빗물을 모으는 훌륭한 방법
이었다. 그날 밤 우리는 안전 지대에 도착했다. 정글에
어둠이 내리고 우리는 대나무를 태우는 불길이 어른거
리는 가운데 앉아 있었다. 페페는 미소짓는 얼굴로 내게
말했다.

"우리는 다시 한번 적을 피해 돌아오는 법을 배웠군
요."

그 간단한 말은 우리의 모토가 되었다. 그것은 사실
모든 서바이벌 훈련자들의 모토였다.

"돌아오는 법을 배워라."

이것은 당신에게도 똑같은 도움을 줄 것이다.

머리말

잘못될 것 같은 일은 결국 그렇게 된다.
　—머피의 법칙

준비하라.
　—보이스카웃 모토

　이 책에 숨겨져 있는 원칙은 간단한 것이다. 우리는 앞으로 무슨 일이 일어날지 결코 알 수 없다는 것이다.

　어떤 짓궂은 인생이 당신 앞에 펼쳐질지, 모퉁이를 돌면 어떤 일이 숨어서 기다릴지, 무엇이 머리 위로 날아가는지, 수면 아래 헤엄치는 것이 무엇인지 당신은 결코 알지 못한다. 또 자신이 얼마나 용감한 행동을 하게 될지, 자신이 결정한 행동이 삶과 죽음 중에서 어느 쪽을 선택하게 될지도 알 수 없는 것이다.

　그런 경우를 만났을 때 우리는 당신이 어떻게 해야 할지 확실히 알고 있기를 원한다. 우리가 이 책을 쓴 이유가 바로 그것이다. 조종사가 의식을 잃어서 당신이 비행기를 착륙시켜야 할 때, 상어가 당신을 향해 오는 것을 보았을 때, 광야에서 성냥 없이 불을 피워야 할 때, 당신은 무엇을 어떻게 해야 하는지 알아야 한다. 또 어쩔 수 없이 다리에서 물로 뛰어내려야 하는 것에서부터 달리는 자동차에서 뛰어내리는 것까지, 상대방을 정확하게 후려치는 법에서부터 돌진하는 황소를 제 꾀에 넘어가게 만드는 것까지, 저격병을 피하는 것부터 총상을 치료하는 방법까지 생명을 위협하는 수많은 상황에 어떻게 대처해야 하는지 알아야 한다.

이 프로젝트를 시작했을 때 우리는 서바이벌 전문가가 아니었다. 당신처럼 일상을 살아가는 평범한 보통 사람일뿐이었다. 조슈아는 도시에 사는 똑똑한 소년으로 동부에서 성장했고, 데이비드는 대부분 폴크스바겐을 사용하긴 했지만 가족과 함께 하이킹과 캠핑과 낚시를 즐기며 서부에서 젊은 시절을 보낸 사람이었다. 우리는 서로 다른 성장배경을 가진 캐묻기 좋아하는 저널리스트일 뿐이었다. 우리는 있을 것 같기도 하고, 없을 것 같기도 한 다양한 위기 상황에서 살아남는 방법에 많은 관심을 가지고 있었고 이 핸드북의 자료를 모으기 위해 각 분야 전문가들의 의견을 청취했다. 이 책에 실린 정보는 스턴트맨, 의사, 응급의료요원, 폭발물 해체반원, 투우사, 서바이벌 전문가, 스쿠버다이빙 교관, 열쇠수리공, 데몰리션 더비(자동차 파괴 경기) 운전자, 스카이다이버, 악어사육사, 해양 생물학자, 눈사태구조요원 등을 비롯한 수많은 전문가들로부터 직접 입수한 것들이다.

이 책에는 당신의 생명과 수족을 위협하는 상황에 대처하는 간단하고 단계적인 지침이 삽화를 곁들인 설명과 함께 들어 있다. 우리는 당신이 반드시 알아야만 하는 필수적인 조언과 정보를 붉은 글씨로 표시했다. 그것들 하나하나가 당신의 생명을 구할 수도 있다. 당신은 영화의 주인공이 되어 이런 상황을 만나면 어떻게 대처할 것인가 하고 궁금해하지 않았는가? 지금 당신은 그것을 발견할 수 있다. 그리고 보이스카웃처럼 당신 역시 준비를 갖추게 될 것이다.

그러므로 이 책을 항상 가까운 곳에 두길 바란다. 정보가 가득하고 재미있고 유익하기도 하다. 이 책을 자동차의 계기판 옆 물건 넣는 곳에 보관하고 여행갈 때는 항상 가지고 다니라. 친구들과 사랑하는 사람들에게 한 권씩 나눠 주라. 왜냐하면 보이스카웃은 모든 준비를 갖추기 때문이다.

우리는 무슨 일이 일어날지 결코 알 수 없다.

조슈아 피븐, 데이비드 보르게닉트

제 **1** 장

피하기와 들어가기

모래수렁에서 벗어나려면

1 모래수렁이 있는 지역을 걸을 때는 튼튼한 막대기를 가지고 다닌다. 그것은 큰 도움이 될 것이다.

2 모래에 다리가 빠지면 곧 막대기를 모래의 표면에 놓는다.

3 등을 막대기 위에 올려놓는다.

잠시 후 모래 위에서 균형을 잡으면 더 이상 빠지지는 않을 것이다.

4 막대기를 새로운 위치로 옮겨라. 엉덩이 밑으로 막대기를 옮겨 척추와 직각이 되도록 한다.

막대기는 엉덩이가 모래 수렁에 빠지는 것을 막아줄 것이다. 완전히 자리를 잡았으면 천천히 한 쪽 발을 빼내고 다시 다른 발을 모래에서 끄집어낸다.

5 좀 더 단단한 땅으로 가는 최단 코스를 택해서 천천히 움직인다.

모래수렁에 빠지는 것을 피하는 법

표사(漂砂: 모래수렁)는 보통의 모래가 솟구치는 물과 섞인 것으로 마치 액체처럼 유동적인 성질을 가지고 있다. 그러나 표사는 물과 달리 쉽게 빠져나올 수가 없다. 모래에서 발을 빼면 그 자리에 남는 진공 때문에 발을 빼기가 어렵다. 여기 몇 가지 방법이 있다.

＊ 모래수렁의 점착성(粘着性)은 빨리 벗어나려고 하면 강해지기 때문에 천천히 움직여서 점착성이 낮아지게 한다.

＊ 모래수렁에 떠 있는 것은 비교적 쉽고 또 매몰되는 것을 피하는 최선의 방법이기도 하다. 물에서보다 모래수렁에서는 부력이 강하기 때문이다.

인간의 몸은 민물보다 농도가 옅고 바닷물은 민물보다 농도가 더 짙다. 그러므로 민물보다 바닷물에 떠 있는 것이 쉽고 모래수렁에 뜨는 것은 훨씬 더 쉽다. 팔과 다리를 활짝 벌리고 등을 대고 떠 있어라.

표사(漂砂)가 있는 지역에서는 튼튼한 막대기를 가지고 다니라. 그리고 모래에 빠지면 막대기로 등을 받쳐 떠 있는 자세를 유지한다.

막대기를 척추와 직각이 되게 놓아서 엉덩이가 떠 있도록 한다.

도어를 부수고 들어가려면

실내 도어

1 문을 부수려면 자물쇠 부분을 정확히 겨냥해서 발로 걷어찬다.

어깨나 몸으로 문을 향해 달려가 힘껏 부딪는 것은 대개 발로 차는 것만큼 효과적이지 않다. 발은 어깨보다 훨씬 더 센 힘을 낼 수 있고 그 힘으로 잠금 장치 부분을 더 간단히 찰 수 있을 것이다.

대안이 되는 방법
(스크루드라이버를 가지고 있다면)

손잡이의 앞부분에는 작은 열쇠 구멍이 있다.

대부분의 실내 도어는 비밀장치가 있어서 대개 침실과 욕실 도어에 설치되어 있으며 문이 닫히면 안에서 잠글 수 있다. 그러나 도어 손잡이의 중앙에 비상시에 접근할 수 있는 구멍이 있기 때문에 안의 잠금 장치에 들어갈 수 있다. 스크루드라이버나 탐침을 손잡이에 넣어 누르거나 돌려서 잠금 장치를 연다.

실외 도어

만약 바깥문을 열려면 더 큰 힘이 필요할 것이다. 옥외의 문들은 더 튼튼하게 만들어졌고 보안을 염두에 둔 디자인을 가지고 있다. 일반적으로 바깥문에는 두 종류의 빗장이 있다. 하나는 닫히기만 하는 걸쇠가 있고 다른 하나는 안전을 위해 빗장이 잠겨지는 방식이다. 닫히기만 하는 장치는 문이 저절로 열리는 것을 막기 위한 것이며 잠기지는 않는다. 이 자물쇠는 열쇠 또는 손잡이를 조작해서 열 수 있다.

실외의 문들은 더 튼튼하게 만들어진다. 자물쇠가 설치된 곳을 발로 차라.

1 자물쇠가 설치된 곳을 정확히 겨냥해서 발로 찬다.

실외의 문은 실내보다 여러 번 걷어차야 할 것이다.

대안이 되는 방법

(튼튼한 쇳조각을 가지고 있다면)

◆ 쇳조각을 자물쇠와 문 사이에 끼워 넣어 앞뒤로 움직이면서
문을 억지로 떼어내라.

(스크루드라이버, 해머, 송곳을 가지고 있다면)

◆ 만약 당신 쪽으로 문이 열리게 되어 있으면 경첩에서 핀을
제거하고 경첩 쪽으로부터 문을 힘껏 밀어 연다.

스크루드라이버, 송곳, 해머를 준비해서 스크루드라이
버나 송곳의 뾰족한 끝부분을 경첩의 아래에 대고 경첩
이 빠져나올 때까지 송곳이나 스크루드라이버의 다른
쪽 끝을 해머로 두드린다.

필요한 힘의 양

실내 도어는 일반적으로 실외 도어보다 무게가 가볍고
두께가 얇다. 실내 도어는 대개 두께가 3.4-4센티미터
이며 실외 도어는 4.4센티미터 정도이다. 그리고 오래
된 가옥의 문들이 더 견고한 반면 새로 지은 집의 문들
은 속이 비고 싼 모델들이 흔하다. 당신이 들어가야 할
문이 어떤 타입인지 알면 그것을 어떻게 부수는지를 결

정하는데 도움이 된다. 대개 문을 두드려 보면 구조와 견고함을 알 수 있다.

속이 빈 도어. 이런 문은 절연이나 보안을 생각할 필요가 없고 최소한의 힘을 필요로 하기 때문에 일반적으로 실내 도어로 사용된다. 스크루드라이버로 쉽게 열 수 있는 문이다.

속이 단단한 문. 오크나무나 다른 단단한 재질의 나무가 사용되며 쇠지렛대나 혹은 이와 유사한 도구가 필요하다.

속을 채워 넣은 문. 이것은 문의 양쪽에 합판을 대고 얇은 나무 조각과 깎아낸 부스러기를 채운 연질 목재의 문으로 스크루드라이버로 열 수 있다.

금속을 씌운 문. 연질 목재에 얇은 금속을 덧씌운 문으로 쇠지렛대와 보통 이상의 힘이 필요한 문이다.

속이 빈 철제문. 이것은 문의 가장자리와 자물쇠가 설치된 부분을 강화한 훨씬 무거운 금속 문으로 가끔 절연 물질이 채워진 경우도 있다. 이 문을 여는 데는 최대한의 힘과 쇠지렛대가 필요하다.

문이 잠긴 자동차 안으로 들어가려면

출고된 지 10년이 넘은 대부분의 자동차들은 수직의 푸시버튼식 잠금 장치를 가지고 있다. 이것은 잠그는 막대가 차 문에 수직으로 설치된 것이다. 이 잠금 장치는 다음에 설명하는 것처럼 철사줄이나 슬림짐과 같은 자물쇠 여는 도구가 있으면 쉽게 열 수 있다. 그러나 최근에 나오는 신형 자동차는 차문의 옆에서 수평의 잠금 장치가 나와 수평의 잠금 막대에 부착되는 장치를 가지고 있다. 이 방식의 문을 여는데는 특수한 연장이 필요하며 아주 어렵긴 하겠지만 열 수는 있다.

철사줄로 자동차 문을 여는 방법

1 철사줄을 구부려서 길게 J자 모양을 만든다.

2 그 끝을 네모지게 구부려서 직사각형 안의 넓이가 4-5 센티미터가 되게 한다. (그림 참조)

3 자동차 문의 유리와 바람막이 사이로 철사를 미끄러지듯이 집어넣는다.
철사가 버튼 막대의 끝에 닿은 것처럼 느껴지면 밀면서 위로 당겨 자물쇠를 연다. 여러 번 시도해보고 느낌으로 문을 열라.

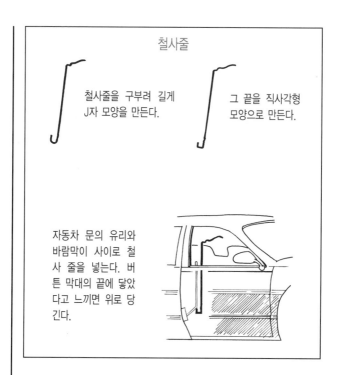

철사줄

철사줄을 구부려 길게 J자 모양을 만든다.

그 끝을 직사각형 모양으로 만든다.

자동차 문의 유리와 바람막이 사이로 철사 줄을 넣는다. 버튼 막대의 끝에 닿았다고 느끼면 위로 당긴다.

슬림짐으로 자동차 문을 여는 법

슬림짐이란 한쪽에 홈이 파진 얇은 스프링강(鋼)조각으로 잠금 막대를 쉽게 위로 잡아당길 수 있다. 대부분의 자동차 부품 상점에서 구입할 수 있다.

1 자동차 문 유리와 바람막이 사이로 부드럽게 슬림짐을 집어 넣는다.

어떤 차종은 잠금 링크까지 불과 1센티미터도 되지 않으므로 천천히 참을성 있게 넣는다.

2 잠금 막대를 찾기 위해 슬림짐을 마구 움직이면 안 된다. 링크가 부러질 수도 있고 다른 연결선들이 끊어질 수도 있기 때문이다.

3 도구를 앞뒤로 천천히 움직여서 잠금 막대를 찾은 후 잠긴 것이 벗겨질 때까지 부드럽게 움직인다.

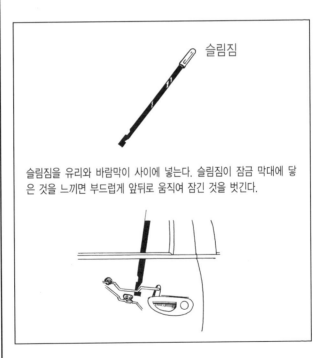

슬림짐

슬림짐을 유리와 바람막이 사이에 넣는다. 슬림짐이 잠금 막대에 닿은 것을 느끼면 부드럽게 앞뒤로 움직여 잠긴 것을 벗긴다.

자동차의 열쇠 구멍으로 문을 여는 법

1 자물쇠 속의 핀들과 판을 조작하고 실린더를 돌리기 위해서는 두 개의 연장이 필요하다.

L자형의 강철제 6각봉인 작은 앨런 렌치를 사용해서 자물쇠를 돌릴 수도 있고 머리핀을 사용해서 자물쇠 안에 있는 핀들과 얇고 납작한 판들을 움직일 수 있다. 자동차의 자물쇠는 도어 자물쇠보다 열기가 더 어렵다는 것을 염두에 두어야 한다. 자동차에는 자물쇠를 덮고 보호하기 위해 흔히 작은 셔터가 있는데 이것 때문에 여는 과정이 훨씬 더 어려울 수가 있다.

2 보비핀이 자물쇠 안에서 계속 움직이는 동안 렌치로 실린더를 가볍게 누르며 돌린다.

열쇠에 있는 홈들이 일직선이 되었는지를 분간하는 유일한 방법이다. 대부분의 자물쇠는 다섯 개의 핀을 가지고 있다.

3 자물쇠가 부드럽게 돌 때까지 핀과 납작한 판들을 조작하기 위해 보비핀을 계속 움직인다.

대안이 되는 방법

◆ 같은 회사에서 나온 다른 자동차의 열쇠를 사용하라. 자물쇠의 변형이 많지 않아 다른 열쇠가 맞을 수도 있다.

우리는 이외에도 당신이 차에 들어가는 방법을 찾아내리라고 생각한다.

자동차 열쇠가 없이 시동을 걸려면

주인의 허락 없이 자동차의 점화장치를 직선 연결하여 시동을 거는 것은 불법이다. 이 방법은 전기 쇼크가 일어날 수 있어 위험할 수도 있다. 또 모든 차량이 이 방법을 사용할 수 있는 것은 아니며 특히 보안 장치가 탑재된 자동차는 이 방법으로 시동을 걸 수 없다. 점화 방지 장치를 가진 자동차는 이 방법을 사용하지 못한다.

1 후드를 연다.

2 붉은 코일 선의 위치를 파악한다.
플러그에 연결된 선을 따라가면 코일 선이 나온다. 대부분의 8기통 자동차는 플러그와 코일 선이 엔진 뒤에 있다. 6기통 자동차는 엔진 중앙의 왼쪽 근처에 있으며 4기통 차는 엔진의 오른쪽 가운데에 있다.

3 배터리의 양극으로부터 코일의 양극까지 선을 연결한다.
이 단계는 발진하는 힘을 가진다. 처음에 발진하지 못하면 자동차가 달리지 않을 것이다.

4 스타터 솔레노이드(시동 코일)의 위치를 확인한다.
대부분의 GM자동차는 스타터 위에 있으며 포드 자동차에는 조수석 펜더 위에 있다.

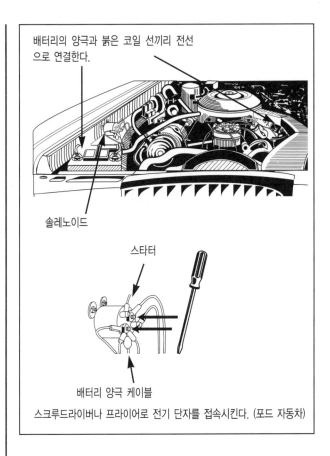

배터리의 양극과 붉은 코일 선끼리 전선
으로 연결한다.

솔레노이드

스타터

배터리 양극 케이블

스크루드라이버나 프라이어로 전기 단자를 접속시킨다. (포드 자동차)

쉽게 발견하는 방법은 양극 배터리 케이블을 따라가면
작은 와이어와 양극 배터리 케이블을 발견할 것이다. 두
줄을 스크루드라이버나 플라이어를 사용해서 접속시키
면 크랭크를 돌려 시동을 건다.

잠긴 스티어링 휠(핸들)을 풀기

스크루드라이버를
스티어링 컬럼의 위
쪽 가운데 놓는다.

GM 솔레노이드

5️⃣ 자동차가 수동 변속기를 가졌으면 기어를 중립에 놓고 주차
브레이크를 사용한다.

자동 변속기를 가진 자동차는 기어를 주차 표시에 놓아
야 한다.

6️⃣ 납작한 날을 가진 스크루드라이버를 사용해서 스티어링 휠
을 연다.

스크루드라이버를 스티어링 컬럼의 위쪽 가운데에 댄
다. 스티어링 휠과 컬럼 사이를 밀어서 잠근 핀을 빼낸
다. 핀은 힘껏 밀지 않으면 떨어지지 않는다.

자동차를 180° 회전하려면

후진기어 상태로부터

1 차를 후진 상태로 놓는다.

2 한 지점에 눈을 고정시키고 후진하기 시작한다.
엑셀을 밟는다.

3 핸들을 90°로 돌리면서 방향을 전환하는 동시에 변속기를
주행 상태로 한다.

자동차를 회전시키기 위해서는 달리는 힘을 사용할 만
큼의 속도를 내야 하지만 시속 70킬로미터 이상의 빠른
속도는 자동차가 뒤집혀질 수도 있고 기어가 파열할 수
도 있다는 것을 기억해야 한다. 핸들을 왼쪽으로 돌리는
것은 차의 후미를 왼쪽으로 돌리고 오른쪽으로 돌리면
차를 오른쪽으로 돌게 할 것이다.

4 자동차가 완전히 회전하면 액셀을 밟고 출발한다.

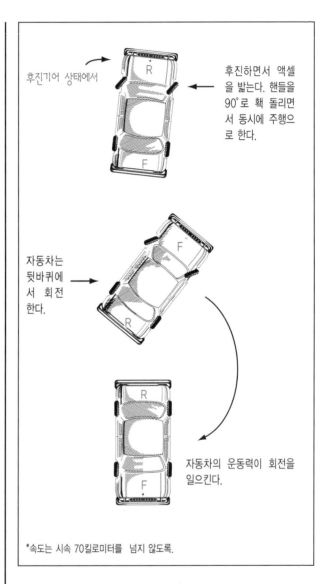

후진기어 상태에서

후진하면서 액셀을 밟는다. 핸들을 90°로 홱 돌리면서 동시에 주행으로 한다.

자동차는 뒷바퀴에서 회전한다.

자동차의 운동력이 회전을 일으킨다.

*속도는 시속 70킬로미터를 넘지 않도록.

주행 상태에서

1 주행하는 동안에는 적당한 속력을 내며 달린다. 그러나 시속 70킬로미터 이상 달리면 차가 뒤집힐 위험이 있다.

2 앞바퀴가 급속히 회전하는 것을 막기 위해 기어를 중립에 놓는다.

3 액셀에서 발을 떼고 사이드브레이크를 잡아당기면서 90°로 핸들을 돌린다.

4 자동차의 후미가 돌면서 핸들을 원위치로 돌리고 달리기 시작한다.

5 왔던 방향으로 움직이면서 액셀을 밟고 속도를 낸다.

알아두기

* 달리면서 180도 회전하는 것은 다음 이유들 때문에 몹시 위험하다.

* 자동차는 앞부분이 더 무겁고 운동력이 있어 빨리 움직이기 때문에 차의 앞부분을 돌리기는 쉽다.

* 자동차의 뒷부분은 앞부분보다 가볍고 쉽게 미끄러지기 때문에 차의 후미를 조절하는 것이 더 어렵다. 제어할 수 없이 급회전하거나 차가 뒤집힐 수도 있는 잠재적 위험이 있다.

* 도로 상태가 이 회전의 성공과 안전에 중요한 역할을 한다. 충분한 마찰(흙, 진흙, 얼음, 자갈)이 없는 표면은 빠른 회전이 어렵고 충돌하기도 어려울 것이다.

다른 자동차를 앞에서 밀어내려면

길을 가로막는 앞차를 들이받아 밀어내는 것은 쉽거나 안전한 일이 아니다. 그러나 일을 좀더 쉽게 만들고 당신 자동차의 손실을 최소화하는 방법들이 있다. 당신의 길을 가로막는 자동차와 충돌할 때 최선의 방법은 그 차의 뒤 범퍼에서 약 30센티미터쯤 되는 곳에 부딪치는 것이다. 자동차의 후미는 가장 가벼운 부분이라서 비교적 쉽게 밀어낼 것이다. 앞차의 후미와 충돌하면 그 차의 뒷바퀴가 부서져 움직일 수 없게 되어 당신은 추격당하지 않고 벗어날 시간을 얻게 된다.

1 할 수 있다면 당신 차의 에어백이 작동하지 않게 만들라. 충돌하면 에어백이 당신의 시야를 가릴 것이다.

2 좌석 벨트를 매라.

3 적어도 시속 40 킬로미터의 속도를 내라. 너무 빨리 달리지 마라. 느린 속도를 유지하면 속도를 줄이지 않고 제어력을 가질 수 있다. 충돌 직전에 50 킬로미터 이상 달리면서 상대방 차 뒷바퀴를 부순다.

4 당신 차 앞자리의 조수석쪽 면으로 방해하는 차의 뒷바퀴를 받아라. 두 자동차는 직각이 되게 한다.

5 만약 상대편 자동차의 후미를 들이받을 수 없다면 앞쪽 코너를 공격하라.

자동차의 옆을 정면으로 충돌하는 것은 피해야 한다. 그렇게 되면 상대방 차가 당신의 앞을 가로막을 것이다.

6 그 자동차는 빙 돌면서 당신의 앞길에서 벗어날 것이다. 액셀을 밟고 계속 달려라.

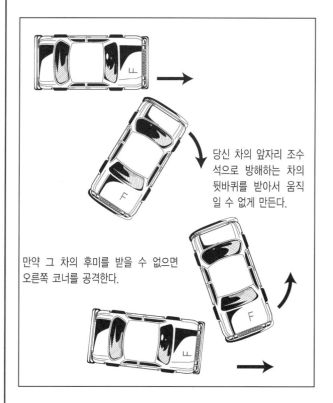

당신 차의 앞자리 조수석으로 방해하는 차의 뒷바퀴를 받아서 움직일 수 없게 만든다.

만약 그 차의 후미를 받을 수 없으면 오른쪽 코너를 공격한다.

물에 가라앉고 있는 차에서 탈출하려면

1 물에 떨어지는 순간 창문을 열어라.

일단 물에 들어가면 바깥의 압력 때문에 문을 열 수 없으므로 이것이 나갈 수 있는 최선의 방법이다. (안전을 위해서 물 근처나 얼음 위를 달릴 때는 창문을 약간 열어놓는 것이 좋다.) 창문을 열면 물이 자동차 안으로 들어오고 차 안과 밖의 압력이 같아지면서 차 문을 열 수 있을 것이다.

2 만약 창문이 작동하지 않거나 아무리 해도 창문을 내릴 수 없는 경우에는 발이나 어깨로 유리창을 깨거나 또는 절도방지용 자물쇠처럼 무거운 물건으로 유리를 깨뜨린다.

3 차에서 나가라.

자동차에 다른 사람이 남아 있는 것이 아니라면 아무것도 연연하지 말고 나가야 한다. 엔진이 차 앞쪽에 있는 자동차는 수직으로 가라앉을 것이다. 물이 5미터 혹은 그보다 더 깊으면 자동차가 뒤집혀서 가라앉을 수도 있다. 그러므로 차가 아직 물에 떠 있을 때 가능하면 빨리 차에서 나와야 한다. 자동차가 물에 떠 있는 시간은 수초에서 수분 사이가 될 것이다. 공기가 밀폐된 차일수록 오래 떠 있다. 그러나 차 안의 공기는 트렁크와 운전대를 통해 빠르게 빠져나가고 일단 차가 바닥에 닿으면 공

물에 떨어지는 순간 창문을 열어라. 그렇지 않으면 물의 압력 때문에 문을 열고 나가기가 매우 어렵다.
만약 바닥에 닿기 전에 탈출할 수 없으면 발이나 무거운 물건으로 유리창을 깨뜨려라.

기 방울 하나도 남지 않을 것이다. 빨리 차를 떠나라.

4 창문을 열 수 없거나 깨뜨릴 수도 없으면 마지막 선택이 남아 있다.

마음을 차분하게 가라앉히고 차에 물이 차기 시작할 때까지 기다린다. 물이 머리까지 차 오르면 깊이 숨을 들이쉬고 숨을 멈춰라. 차 안과 밖의 압력이 같으므로 문을 열고 수면으로 헤엄쳐 나올 수 있을 것이다.

얼음이 깨지는 것을 피하는 법

* 승용차나 가벼운 트럭이 얼음 위를 안전하게 달리려면 얼음의 두께가 적어도 20센티미터는 되어야 한다.
* 초겨울, 늦겨울에 얼음 위를 달리는 것은 좋지 않다.
* 자동차를 오랫동안 한 장소에 두는 것은 그 밑의 얼음을 약화시킨다. 그러므로 차들을 가깝게 주차시키거나 연이어서 달리지 말아야 한다.
* 금이 간 곳은 천천히 달리면서 직각으로 가로지른다.
* 새로 언 얼음이 오래 된 얼음보다 더 두껍다.
* 얼음이 녹았다가 다시 언 것, 녹은 눈이 언 것, 혹은 갈라진 틈 사이의 물이 언 것보다 호수나 냇물의 새로 언 얼음이 훨씬 강하다.
* 얼음 위에 눈이 쌓인 층이 있으면 조심해야 한다. 눈이 쌓인 층은 얼음을 단절시키고, 어는 과정을 늦추며, 눈의 무게는 얼음이 견디는 힘을 감소시킨다.
* 해안 가까운 곳의 얼음은 약하다.
* 강이 언 것은 일반적으로 호수가 언 것보다 약하다.
* 강어귀의 얼음은 약하게 얼기 때문에 위험하다.
* 주머니에 큰 못 몇 개와 긴 로프를 가지고 다니라. 못은 얼음에서 빠져나올 때 도움이 되고, 로프는 단단한 얼음 위에 있는 사람에게 던져서 도움을 받을 수 있다.

폭풍우로 인해 전선이 떨어졌을 때

발전소와 변압기로부터 고객에게 전기를 운반하는 고압선은 심한 폭풍에 추락할 수가 있다. 전선이 떨어지거나 전봇대가 넘어졌을 때 자동차 안에 있다면 차 밖에서 걷는 것보다는 접지된 차 안에 있는 것이 훨씬 더 안전하다. 전선이 차에 떨어졌으면 아무것도 건드리지 말고 구조대가 올 때까지 기다려라.

1 모든 전선은 불꽃을 튀기든 아니든 전기가 통한다고 가정하라.

2 전선으로부터 멀리 떨어져 있어라.

전류는 어떤 전도성 물질을 통해서도 전달될 수 있다. 땅에 고인 물도 전기가 당신에게 이르는 "통로"가 될 수 있다. 직접 접촉이 꼭 감전사를 일으키는 것은 아니지만 고압선 근처의 충전된 입자와 접촉한 사람이 전기 쇼크를 일으킬 수도 있다. 전선과 접촉된 차는 만지지 마라.

3 불꽃이 튀지 않는 전선은 안전하다는 생각을 버려라.

종종 전력은 자동으로 회복되어 "전류가 통하지 않는" 전선을 위험하게 만들 수 있다. 설사 전기가 통하지 않는다는 것을 알아도 전선과는 멀리 거리를 두어라. 떨어질 때 다른 전선과 접촉하게 되고 "전류가 흐르는" 선일 수도 있다.

4 만약 감전된 사람이 있으면 비전도성 물건을 사용해서 그 사람을 전원으로부터 분리시킨다.

나무빗자루, 나무 의자, 혹은 마른 수건이나 시트를 사용한다. 고무장갑이나 절연 장갑이 감전되는 것을 막지 못한다.

5 감전된 사람이 분리될 때까지 희생자의 피부를 만지거나 전도성 물질로 건드리지 말아야 한다. 당신 역시 쇼크를 받을 수 있기 때문이다.

6 희생자의 맥박을 체크하고 구급 호흡법을 시작하라. 필요하면 심폐기능소생법을 실시한다.

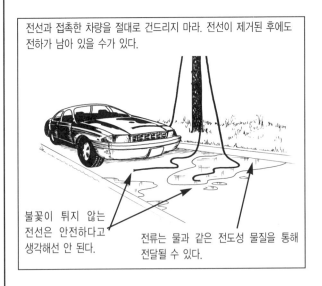

전선과 접촉한 차량을 절대로 건드리지 마라. 전선이 제거된 후에도 전하가 남아 있을 수가 있다.

불꽃이 튀지 않는 전선은 안전하다고 생각해선 안 된다.

전류는 물과 같은 전도성 물질을 통해 전달될 수 있다.

제 **2** 장

최선의 방어

독사에게 물린 곳을 치료하려면

독사와 일반 뱀을 구별하는 것은 쉽지 않고 독이 없는 뱀도 독사와 아주 비슷한 반점을 가진 것들이 있기 때문에 독사에게 물리지 않는 최선의 방법은 모든 뱀을 멀리하는 것이다. 독이 없는 뱀이라고 확신하지 못하면 뱀은 일단 독이 있는 것으로 가정하라.

물린 곳을 치료하는 법

1 상처를 되도록 빨리 물과 비누로 씻어낸다.

2 물린 부위를 고정시키고 심장보다 아래에 위치하게 한다. 독이 퍼지는 속도를 늦출 수 있을 것이다.

3 곧 의사의 치료를 받는다.
당신이 뱀에 물려도 아무런 해가 없다는 것에 생명을 걸고 내기하는 것이 아니라면 의사의 치료를 받아야 한다. 미국에서는 독사에 물리는 사고가 해마다 약 8천 건 정도 일어나고 9-15명 정도가 사망한다. 어떤 종류의 독사든 물린 상처는 응급 치료를 받아야 한다. 심지어 독이 없는 뱀에게 물린 상처도 전문적인 치료를 받아야 한다. 심한 알레르기 반응이 일어날 수 있기 때문이다. 캘리포니아 남부의 모하베 사막에 사는 방울뱀은 뇌와 척

추에 영향을 주어 마비를 일으키는 독을 가지고 있다.

4 만약 30분 이내에 치료를 받을 수 없을 때는 독이 퍼지는 속도를 늦추기 위해 물린 곳으로부터 5-10센티미터 위를 즉시 붕대로 감는다.
붕대는 혈관이나 동맥의 피가 흐르는 것을 차단하지 않도록 붕대 밑에 손가락이 들어갈 수 있을 만큼 감는다.

5 썩션 기구가 든 구급상자를 가지고 있다면, 절개하지 않고 상처에서 독을 빨아내기 위해 기구 안에 들어 있는 사용법의 지시를 따른다.
일반적으로 고무 썩션 컵을 상처에 대고 물린 자국으로부터 독을 뽑아낸다.

하지 말아야 할 것

* 물린 곳에 얼음이나 찬 것을 올려놓으면 안 된다. 썩션으로 독을 제거하는 것을 더 어렵게 만들기 때문이다.
* 붕대나 지혈대를 너무 꽉 감지 말아야 한다. 올바로 사용하지 않으면 지혈대가 피의 흐름을 막아서 팔 다리가 손상될 수도 있다.
* 독을 제거하기 위해 상처나 그 주위에 칼을 대는 것은 감염될 위험이 있으므로 삼가야 한다.
* 독을 입으로 빨아내려고 하지 마라. 입안에 들어온 독이 당신의 혈류로 들어갈 수도 있다.

뱀은 공격하기 전에 똬리를 튼다.

뱀은 대개 자신의 몸길이 절반으로 공격하고 나머지
반은 그 자리에 남아 있다.

비단뱀을 피하는 법

먹이를 문 이빨을 통해 먹이에게 독을 주입시키는 독사
와 달리 비단뱀과 보아뱀은 먹이를 감고 압박해서 죽이
는 콘스트릭터로 알려져 있다. 이 뱀들은 먹이의 몸을
칭칭 감고 죽을 때까지 죄어서 질식시킨다.

비단뱀과 보아뱀은 몸길이가 거의 6미터까지 자라기 때
문에 성인을 충분히 죽일 수 있고 작은 어린이는 훨씬
더 쉽게 공격한다. 다행인 것은 대부분의 비단뱀이 공격
한 후에 사람을 먹어치우기보다는 도망치려 한다는 것
이다.

1 움직이지 말고 가만히 있어라.
움직이지 않으면 죄어오는 힘을 최소화할 수는 있지만 비단뱀은 대개 먹이가 죽어서 움직이지 않는데도 죄기를 계속한다.

2 비단뱀의 머리든 어느 쪽이든 가능한 끝으로부터 따리를 풀려고 노력하라.

공격을 피하는 법

* 뱀을 보려고 가까이 가거나, 움직이게 만들려고 찔러 보거나, 죽이려고 하지 마라.
* 뱀을 만나면 천천히 뒤로 물러나 충분한 거리를 두고 피한다. 뱀은 자신의 몸길이 절반으로 즉시 공격할 수 있으며 어떤 종은 길이가 1.8미터 혹은 그 이상 되는 것이 있다.
* 독사가 있는 지역을 하이킹할 때는 항상 두꺼운 가죽 부츠를 신고 긴 바지를 입어야 한다.
* 사람들이 다닌 표시가 있는 길을 따라 간다.
* 뱀은 냉혈 동물이라 체온을 조절하려면 햇볕이 필요하다. 그래서 따뜻한 바위 위나 해가 잘 드는 장소에서 흔히 발견할 수 있다.

상어의 공격을 피하려면

1 마주 공격한다.

상어가 당신을 향해 오거나 공격하면 카메라나 탐침, 작살 쏘는 포, 주먹 등 공격할 수 있는 것은 무엇이든 손에 쥐고 상어의 눈이나 아가미를 때린다. 그 부분은 상어가 가장 민감하게 아픔을 느끼는 곳이다.

2 상어의 눈과 아가미를 계속해서 빠르고 날카롭게 공격하라.

상어는 포식동물이므로 만약 자신이 유리한 입장에 있다고 여기면 끝까지 공격할 것이다. 그러므로 어떻게든 상어가 불리하다고 느끼게 만드는 것이 당신의 생존 가능성을 높여줄 것이다. 눈과 아가미를 공격할 수 없다면 모를까 많은 사람들이 알고 있는 것과 달리 상어의 코는 공격해 봐야 효과가 없다. 상어를 때리는 것은 당신이 무방비 상태가 아니라는 것을 상어에게 알리는 것이다.

공격을 피하는 법

* 언제나 사람들과 함께 있어라. 상어는 혼자 있는 사람을 공격할 가능성이 더 크다.

* 해안에서 너무 멀리 나가지 마라. 그것은 당신을 고립시키고 구조의 손길로부터 너무 멀리 떨어지는 추가 위험을 초래하기 때문이다.

* 어두울 때나 황혼에 물에 들어가는 것을 피하라. 그

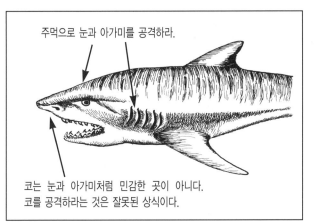

주먹으로 눈과 아가미를 공격하라.

코는 눈과 아가미처럼 민감한 곳이 아니다.
코를 공격하라는 것은 잘못된 상식이다.

때는 상어가 가장 왕성하게 활동하는 시간이며 상어는
경쟁적으로 유리한 감각을 지니고 있다.

＊ 상처에서 피가 흐르거나 월경중에 있으면 물에 들어
가지 말아야 한다. 상어는 피 냄새를 맡고 모여든다.

＊ 반짝이는 보석을 달지 마라. 보석에서 반사되는 빛은
고기 비늘의 광택과 비슷하기 때문이다.

＊ 폐수나 하수가 섞이는 물을 피하라. 오락 또는 직업
으로 낚시하면서 특히 물고기를 미끼로 쓰는 낚시꾼들
을 피하라.

＊ 물이 흐릿한 색일 때는 특별히 조심하고 불규칙한 황
갈색 줄이나 밝은 색깔의 옷은 피한다. 상어는 대조되는
색을 잘 구별한다.

＊ 만약 상어가 자신을 당신에게 보여주면 그것은 아마
공격하려는 의도보다는 호기심을 드러낸 것이고 상어

는 계속 헤엄치면서 당신을 그냥 둘 것이다.

당신이 수면 아래 있고 운 좋게도 공격하는 상어를 볼 수 있다면, 그리고 그 상어가 너무 크지 않다면, 당신은 자신을 방어할 수 있는 좋은 기회를 가진 것이다.

＊ 스쿠버다이버들은 수면에 드러눕는 것을 피해야 한다. 그 모습은 상어에게 한 조각 먹이처럼 보일 수 있고 다이버들은 상어가 어느 쪽으로부터 접근하는지 볼 수가 없기 때문이다.

＊ 바다에 자주 나가는 사람은 누구나 잠재적으로 상어의 공격을 받을 위험이 있다. 그렇지만 균형 잡힌 시각을 가져야만 한다. 해마다 벌과 말벌, 그리고 뱀에 의한 사망자 수가 훨씬 더 많다. 미국에서는 벼락 때문에 죽을 가능성이 상어의 공격에 의한 것보다 30배나 더 크다.

상어가 공격하는 세 가지 유형

히트 앤드 런 공격 : 가장 흔한 방법이다. 이 공격은 일반적으로 파도가 치는 곳에서 일어나는데 수영객들과 서핑하는 사람이 그 목표가 된다.

희생자는 상어가 오는 것을 거의 보지 못한다. 한 번 공격으로 깊은 상처를 낸 후에 상어는 다시 돌아오지 않는다.

먼저 부딪치고 물어뜯는 공격 : 처음에 상어는 목표물 둘

레를 빙빙 돌면서 실제로 공격하기 전에 자주 부딪친다. 이런 식의 공격은 주로 깊은 바다에서 수영하는 사람이나 잠수부들이 대상이지만, 가까운 해안의 얕은 물에서도 일어난다.

몰래 접근해서 공격하기 : 이것은 경고 없이 일어나는 공격이다. "부딪친 다음 물어뜯는 공격"과 "몰래 접근해서 공격"하는 두 가지 방식을 되풀이해서 사용하는 것이 보통이며 여기저기 계속해서 물어뜯는 것이 일반적이다. 이런 식으로 공격을 받은 희생자는 부상이 너무 심해서 사망하는 경우가 많다.

알아두기

대부분 상어의 공격은 가까운 해안에서 일어난다. 일반적으로 모래톱의 해안 쪽이나 상어가 먹이를 찾고 간조시에 갇힐 수도 있는 모래톱 사이에 있는 해안에서 일어난다. 경사가 급한 벼랑이 있는 곳에서도 상어의 공격이 잘 일어난다. 자연적인 먹이가 있는 곳에 상어가 모이기 때문이다. 길이가 1.8미터 혹은 그 이상의 큰 상어는 거의 어떤 종이든 잠재적으로 인간에게 위험한 존재이다. 그러나 특별히 세 가지 종(種)은 되풀이해서 인간을 공격한다. 백상아리, 식인 상어, 불샤크 등인데 이들은 전세계 어디든지 분포하고 있으며 거대하게 자라서 바다의 포유동물, 바다거북, 그리고 먹이가 되는 것은 아무리 큰 물고기라도 전부 먹어치운다.

곰의 공격을 피하려면

1 조용히 누워 있어라.

어미 검은 곰은 사람이 싸움을 멈추면 공격을 그만둔다는 기록이 있다.

2 곰을 피해 나무로 기어오르지 말고 있던 자리에 그대로 있어라.

검은 곰은 빠르고 쉽게 나무에 기어오를 수 있으며 당신을 곧 쫓아올 것이다. 그 자리에 가만히 있으면 당신을 그냥 놓아 둘 가능성이 있다.

3 조용히 누워 있는데도 곰이 공격하면 손에 쥘 수 있는 무엇이든 가지고 마주 공격한다.

곰의 눈이나 코를 공격하라.

곰을 만나면 어떻게 해야 할까

＊ 큰 소리로 떠들고 손뼉치고 노래하면서 가끔 소리를 질러 당신의 존재를 알려라. (어떤 사람들은 종을 가지고 다닌다) 곰을 놀라게 하는 것에 신경 쓰지 말고 무엇을 하든 곰에게 들리게 하라. 곰은 인간보다 훨씬 빨리 달릴 수 있다는 것을 기억하라.

＊ 어린아이를 최대한 어른 가까이 있게 한다.

＊ 곰으로부터 최소한의 보장된 안전거리란 없다. 멀수록 더 좋다.

모든 곰이 위험하지만 다음 세 경우는
특히 더 위협적이다.

어미 곰이 새끼를
보호하고 있을 때.

곰이 인간의 음식에
길들여졌을 때.

곰이 새로 얻은 먹
이를 지키고 있을
때.

＊ 만약 자동차 안에 있으면 창문을 올리고 차안에 있어
라. 잠시 사진을 찍고 싶어도 나오지 말아야 하며 곰이
길을 건너는 것을 방해하지 마라.

곰의 공격을 피하는 법

* 당신 자신과, 캠프, 당신의 의복, 자동차로부터 음식 냄새를 없앤다.
* 요리할 때 입었던 옷을 입고 잠자리에 들지 않는다.
* 곰이 음식에 손을 대거나 냄새를 맡지 않도록 음식을 잘 챙겨 넣는다.
* 텐트에는 초콜렛 바조차도 보관하지 마라.
* 모든 쓰레기는 깔끔하게 정리해서 바깥으로 내간다.
* 애완 동물의 먹이도 내 식량처럼 주의해서 다룬다.
* 모든 곰은 위험하다는 생각을 가져야 하지만 특히 다음 세 경우는 보통 때보다 훨씬 더 위험한 것으로 간주해야 한다.

> 어미 곰이 새끼를 보호하고 있을 때
> 곰이 인간의 음식에 길들여졌을 때
> 곰이 새로 얻은 먹이를 지키고 있을 때

알아두기

북미에는 약 65만 마리의 검은 곰이 살고 있다. 곰을 만나는 사람은 해마다 수천 명이 넘지만 곰의 공격으로 죽는 사람은 3년에 한 명 정도이다. 미대륙에 사는 곰은 대부분 검은 곰인데 항상 검은 색이 아니라 가끔 갈색이나 블론드 색을 띠기도 한다. 일반적으로 수컷이 암컷보다 더 크다. (수컷은 57-227킬로그램, 암컷은 41-136

킬로그램 정도)

* 곰은 말처럼 빨리 달리며 언덕을 오르내릴 수 있다.

* 곰은 나무에 기어오를 수 있다. 검은 곰이 회색곰보다 더 잘 오른다.

* 곰은 뛰어난 후각과 청각을 가지고 있다.

* 대단히 센 힘을 가지고 있으므로 음식을 찾기 위해 자동차도 부숴뜨릴 수 있다.

* 모든 곰은 "자신의 개인적인 영역"을 가지고 있다. 이 공간의 크기는 곰마다 다르고 상황에 따라 몇 미터에서 수백 미터가 될 수도 있다. 그 영역에 들어가는 것은 곰을 위협하는 것으로 간주되어 공격하게 만들 수 있다.

* 곰은 자신의 식량을 보호하기 위해 공격적이 된다.

* 모든 암컷은 새끼를 보호한다. 만약 새끼와 함께 있는 암컷을 가까운 거리에서 놀라게 하거나 새끼로부터 떼어놓는 것은 공격을 유발시키는 것이다.

* 새끼에게 어떤 위험이 닥치면 어미 회색곰은 자연스럽게 공격적인 반응을 보인다.

* 어미 검은 곰은 새끼를 나무 위로 올려보내고 자신은 그 아래서 새끼들을 지킨다.

* 죽은 동물에게서 멀리 떨어져라. 곰들은 그런 먹이를 방어하기 위해 공격할 수도 있다.

* 개를 데리고 산에 가지 않는 것이 상책이다. 개는 곰을 화나게 만들어 공격하게 할 수도 있으며 당신을 쫓아오게 만들 수도 있다.

퓨마의 공격을 피하려면

1 달리지 마라.

퓨마는 이미 당신을 보았고 냄새를 맡았을 것이다. 그러므로 도망치는 것은 퓨마의 관심을 더 끄는 일이다.

2 상의를 양쪽으로 펼쳐서 자신을 더 크게 보이도록 한다.

퓨마는 자신보다 더 큰 동물은 덜 공격한다.

3 몸을 움츠리지 마라.

그 자리에서 물러서지 말고 양손을 흔들며 소리를 질러라. 당신이 무방비 상태가 아님을 보여 주어라.

4 만약 어린아이들을 데리고 있으면 그들을 위로 안아 올린다. 더 크게 보일 수 있는 것은 무엇이든 한다.

빨리 움직이며 높고 날카로운 소리를 내는 어린이들은 성인들보다 더 위험하다.

5 천천히 뒤로 물러나거나 퓨마가 움직여 사라질 때까지 기다린다.

가능하면 빨리 퓨마를 본 사실을 당국에 알린다.

퓨마를 만나면 도망치지 말아야 한다. 몸을 움츠리지도 마라.
웃옷을 양옆으로 펼쳐서 몸을 크게 보이게 만든다.

6 만약 퓨마가 여전히 공격적으로 행동하면 돌을 던져라.

당신은 퓨마의 먹이가 아니며 당신 자신이 퓨마에게 위험한 상대가 될 수도 있다는 것을 퓨마에게 확신시켜라.

7 공격을 받으면 마주 싸운다.

대부분의 퓨마는 작아서 보통 크기의 사람은 공격적으로 마주 싸워 물리칠 수 있을 것이다. 퓨마의 머리, 특히 눈과 입 근처를 때려라. 지팡이나 주먹, 무엇이든 가까이 있는 것을 사용하라. 몸을 움츠리거나 죽은 체하면 안 된다. 일반적으로 퓨마는 위에서부터 뛰어내리면서 먹이의 뒷덜미를 덥석 문다. 퓨마는 기술적으로 먹이의 목을 부러뜨리며 때려눕힌다. 그리고 먹이의 목을 물고 목뼈를 부러뜨리는 동안 희생물을 질질 끌어당긴다. 무슨 수를 써서라도 목을 보호하라.

공격을 피하는 법

'쿠거'라고도 불리는 퓨마는 도전을 받지 않아도 사람을 공격하는 동물로 알려져 있다. 공격적인 놈들은 등산객들 특히 작은 어린이들을 공격해서 중상에 빠뜨린다. 그러나 대부분의 퓨마는 사람들을 피한다. 퓨마가 서식하는 지역에서는 그들과 마주치지 않기 위해서 해질녘과 새벽에 혼자 등산하지 않도록 한다. 그때는 퓨마가 가장 왕성하게 활동하는 시간이기 때문이다.

악어의 공격을 피하려면

1 만약 당신이 육지에 있다면 악어의 등에 올라타서 악어의 목을 내리누른다.
그러면 목과 턱을 내릴 것이다.

2 악어의 눈을 가린다.
대개는 악어를 조금 진정시키게 될 것이다.

3 공격을 받으면 눈과 코를 공격하라.
손에 가진 것을 사용하고, 없으면 주먹으로 공격하라.

4 만약 악어가 당신의 팔이나 다리를 물고 턱을 닫았다면 악어의 콧등을 마구 때려라.
악어는 가볍게 두드렸을 때 입을 여는 수가 종종 있으며 물고 있던 것을 떨어뜨리고 물러나기도 있다.

5 악어가 물었으면 당신을 흔들거나 굴리지 못하도록 해야 한다. 이 행동은 심각한 생체조직의 손상을 가져온다.
입을 닫은 채 두면 악어는 흔들지 않을 것이다.

6 즉시 의사의 치료를 받아야 한다. 작은 상처나 타박상에도 감염될 수 있기 때문에 치료를 받는다.
악어는 입안에 수많은 병원균을 가지고 있다.

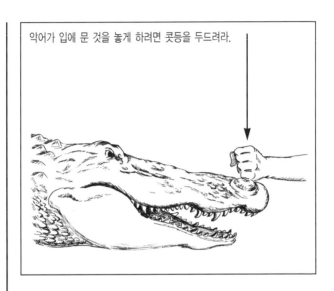

악어가 입에 문 것을 놓게 하려면 콧등을 두드려라.

악어의 공격을 피하는 법

미국에서는 악어의 공격으로 사망하는 일은 드물다. 그러나 나일 악어가 있는 아프리카와 아시아와 호주의 인도양–서태평양 지역에서는 해마다 수천 건에 달하는 악어의 공격이 있으며 수백 명의 사망자가 발생하고 있다. 다음의 충고를 마음에 새겨 두자.

＊ 악어가 서식하는 곳에서는 수영하거나 물 속을 걸어서 건너지 않는다. (플로리다에서는 악어의 공격이 어디서나 일어날 수 있다.)
＊ 혼자 수영하거나 물에서 걷지 말고 물에 들어가기 전

에 항상 부근을 살펴본다.

＊ 악어에게 먹이를 주지 마라.

＊ 배에서 팔이나 다리를 밖으로 내놓고 대롱거리지 마라. 그리고 사용하지 않은 미끼나 물고기를 갑판에서 던지지 마라.

＊ 어떤 악어든 괴롭히거나 건드리거나 잡으려고 하지 마라.

＊ 악어 새끼나 알을 내버려두어라. 새끼로부터 괴로운 비명을 들으면 어떤 악어라도 공격할 것이다. 어미 악어는 둥지와 새끼들을 지킨다.

＊ 대부분의 경우 공격하는 악어는 공격에 앞서 사람들에게 먹이를 얻어먹은 경험이 있다. 이것은 중요한 연관성이 있다. 악어에게 먹이를 주면 악어는 인간에 대한 두려움을 갖지 않게 되고 보다 공격적이 된다.

살인 벌의 공격을 피하려면

1 만약 벌이 주위를 날아다니거나 당신을 쏘기 시작하면 얼어 붙은 듯이 서 있지 말고 도망쳐라.
벌을 때리는 것은 벌을 더 화나게 만들 뿐이다.

2 가능한 한 빨리 실내로 들어가라.

3 피할 곳이 없으면 덤불숲이나 키가 큰 잡초 속으로 달려가라.
풀들이 당신을 가려줄 것이다.

4 벌이 당신을 쏘면 그 침이 피부에 남는다.
손톱을 옆으로 움직이면서 갈퀴로 긁어내듯이 해서 침을 제거한다. 침을 꼬집거나 당기지 마라. 그것은 침으로부터 독을 더 많이 짜내 몸으로 퍼지게 하는 것이다.
벌침을 피부에 남겨두지 말아야 하는데, 혈액 순환에 의해 10분이 지나도록 몸 속으로 독을 계속 펌프질할 수도 있기 때문이다.

5 수영장이나 다른 물로 뛰어들지 말라. 벌들은 당신이 수면으로 나올 때까지 기다릴 것이다.

만약 벌들이 당신 주위를 날아다니거나 쏘기 시작하면 얼어붙은 듯 서 있지 마라.
벌들을 때리지도 말고 도망쳐라. 피난할 곳이 없으면 덤불 숲이나 키 큰 잡초 사이로 뛰어들어라.

벌에 쏘였을 때는 그 부위를 꼬집듯이 죄지 말고 손톱을 옆으로 움직이면서 긁어내듯이 침을 제거한다.

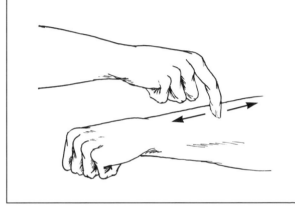

공격의 위험

아프리카 꿀벌은 수세기 동안 미국에 살면서 적응해온 평범한 꿀벌의 일종이다. "살인 벌"이란 별명은 몇 년 전에 어떤 잡지가 아프리카 벌에 쏘인 끝에 사망한 몇 건의 사건을 보도한 후에 붙여진 이름이다. 아프리카 꿀벌은 "사나운 벌"로 알려져 있다. 동물과 사람들에게 쉽게 화를 내며 공격적이 된다.

벌들은 대부분 봄과 가을에 "분봉"한다. 이것은 여왕벌이 새 여왕벌에게 집을 물려주고 일벌의 일부와 함께 따로 새집을 만드는 것이다. 이들은 큰 무리가 떼를 지어 적당한 장소를 찾을 때까지 이동한다. 일단 새 벌통을 만들고 새끼를 키우기 시작하면 벌들은 집을 보호하기 위해 침을 쏘아 적을 물리친다.

다른 벌들처럼 아프리카 벌도 적극적으로 벌통을 보호한다. 이 벌은 벌침에 과민반응을 보이지 않는 사람에게도 위험하며 사망할 수도 있다. 고립된 지역에서 사람과 동물들이 벌에 쏘여 사망하는 일이 흔히 일어난다. 보통 꿀벌은 50미터 정도까지 적을 추적하지만 아프리카 꿀벌은 그 거리의 3배를 추적할 수 있다.

사람들이 벌에 쏘여 사망하는 것은 대부분 벌로부터 빨리 도망하지 못했기 때문인 경우가 많다. 동물들이 벌 때문에 죽는 것도 마찬가지 이유다. 줄에 묶여 있는 애완 동물이나 우리에 갇힌 가축도 벌을 만나면 피할 수가 없다.

위험을 최소화하기

* 외벽에 있는 구멍이나 갈라진 틈, 나무에 생긴 구멍을 메우고, 홈통의 꼭대기를 덮고 마당에 있는 수도 계량기 상자를 덮어서 벌이 집을 짓지 못하게 한다.

* 벌집을 건드리지 마라. 벌이 당신의 집 주위에 집을 짓거나 이미 지은 것을 발견하면 방해하지 말고 해충구제센터에 연락해서 벌을 제거하도록 한다.

돌진하는 황소를 피하려면

1 소를 자극해서 적개심을 갖게 하지 말고 가만히 있어라.

일반적으로 소들은 화나게 하지 않으면 사람들을 공격하지 않는다.

2 도망칠 길이나 엄폐물 혹은 높은 지대 등 안전하게 피할 곳을 찾아본다.

열려 있는 문이나 뛰어넘을 만한 울타리, 혹은 안전한 장소를 발견한 것이 아니라면 달리는 것은 도움이 되지 않는다. 소는 쉽게 사람을 앞지르기 때문이다. 안전한 장소에 도착할 수 있으면 그곳을 향해 달려라.

3 안전하게 도망칠 곳이 없으면 셔츠와 모자나 다른 옷가지를 벗어라.

이것을 이용해서 소의 관심을 흩어지게 한다. 옷의 색깔은 문제가 되지 않는다. 붉은 색은 전통적으로 투우사들이 사용하는 색이지만 소들은 붉은 색을 좇는 것이 아니라 움직임에 반응을 나타내고 따라간다.

4 소가 달려오면 가만히 서서 셔츠나 모자를 멀리 던져라.

소는 당신이 던진 물건을 향해 방향을 틀 것이다.

달려오는 황소로부터 안전하게 피할 수 있는 은신처를 찾을 수 없는 경우에는 옷을 벗어서 멀리 던져라. 소는 방향을 바꾸어 움직이는 물체를 향해 달려갈 것이다.

몰려오는 소떼를 만나면

몰려오는 소나 가축 떼를 만나면 그들의 주의를 분산시키려고 하지 마라. 그들이 어디를 향하는지를 알아내어 그 길에서 비켜난다. 만약 피할 수 없으면 당신이 할 수 있는 유일한 선택은 짓밟히지 않기 위해 가축 떼와 함께 달리는 것뿐이다. 말과 달리 소는 당신이 바닥에 누워도 피하지 않을 것이다. 그러므로 계속 달려라.

칼싸움에 이기려면

항상 두 손으로 칼을 잡고 바닥과 수직이 되도록 "준비" 태세를 유지한다. 그렇게 함으로써 쉽게 칼을 양옆과 위아래로 움직일 수 있고 모든 방향에서 들어오는 공격을 막아내며 또 상대를 공격할 수 있다. 칼끝이 약간 비스듬한 각도가 되도록 잡고 그 끝으로 적을 가리켜라. 문을 마음속에 그려보아라. 칼을 움직여 문틀의 어떤 끝이라도 빠르게 찌를 수 있어야 한다.

공격을 피하고 반격하는 법

1 두 팔을 몸에 붙이고 들어오는 공격에 맞서 앞으로 나간다.
뒤로 물러나라고 소리치는 본능에 저항하면서 재빨리 행동에 들어간다. 더 앞으로 나감으로써 공격을 막아낼 수 있다. 두 팔을 길게 뻗지 마라. 반격하는 힘을 약하게 만든다.

2 칼로 공격을 막아내는 대신 상대를 밀어내고 후려친다.
만약 상대방이 당신의 머리를 겨냥하면 머리 위로 칼을 바닥과 완전히 평행으로 움직이면서 칼끝이 아니라 가운데로 막아라. 공격이 아니라 방어하는 동안에도 항상 적을 향해 움직여 가라.

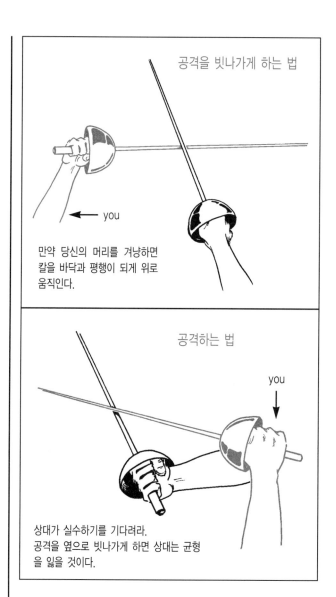

공격을 빗나가게 하는 법

you ←

만약 당신의 머리를 겨냥하면
칼을 바닥과 평행이 되게 위로
움직인다.

공격하는 법

you ↓

상대가 실수하기를 기다려라.
공격을 옆으로 빗나가게 하면 상대는 균형
을 잃을 것이다.

공격하는 법

1 칼을 침착하고 빠르게 움직여 위아래와 왼쪽 오른쪽으로 공격한다.

적을 무력하게 만들려는 생각에서 찌르기를 시도하지 마라. 찌르는 모션은 당신 자세의 균형을 깨뜨리고 칼이 멀리 나가 있게 할 것이다. 이렇게 하면 적의 역습을 당하기 쉽다.

2 결정적인 공격을 날린다고 칼을 머리 뒤로 힘껏 올리지 마라. 당신은 배에 칼을 맞고 끝장이 날 것이다.

3 자신의 위치를 방어하면서 빠르게 치고 공격하라.

4 상대가 실수하기를 기다려라.

공격에 맞서 앞으로 나가거나 공격을 옆으로 피하면 상대가 균형을 잃을 것이다. 일단 적의 평정이 흔들리면 상대를 무력하게 만드는 타격을 가하고 위아래와 좌우로 공격해야 하는 것임을 기억하면서 적의 약한 순간을 이용한다.

날아오는 펀치를 막으려면

몸으로 들어오는 강타

1 배의 근육에 단단히 힘을 준다.

배(명치)에 대한 보디블로는 장기를 손상시키거나 죽게 할 수도 있다. 이런 식의 펀치는 사람을 때려눕히는 가장 쉬운 방법의 하나다. (해리 후디니는 예상치 못한 강타를 복부에 맞고 사망했다.)

2 펀치가 곧 들어올 것으로 생각되면 배의 힘을 빼지 마라.

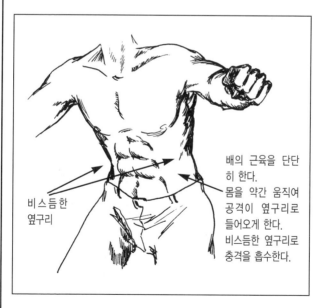

비스듬한
옆구리

배의 근육을 단단
히 한다.
몸을 약간 움직여
공격이 옆구리로
들어오게 한다.
비스듬한 옆구리로
충격을 흡수한다.

3 물러서거나 피하는 것이 아니라 가능하면 살짝 몸을 움직여
공격이 옆구리를 치게 한다.

비스듬히 경사진 옆구리로 공격을 받아들이도록 한다.
옆구리는 갈비뼈를 감싸고 있는 근육이다. 이 부분에 대
한 공격으로 갈비뼈에 금이 갈 수도 있으나 내장이 부상
당하는 것을 피할 수 있다.

머리로 들어오는 강타

1 피하지 말고 들어오는 강타를 향해 몸을 움직여라.

뒤로 물러나면서 머리를 맞는 펀치는 온 힘을 머리에 받
는 결과가 된다. 얼굴에 펀치를 맞으면 갑자기 머리가
흔들리게 되고 뇌가 움직이면서 심각한 부상이나 사망
으로 이어질 수 있다.

2 목 근육에 힘을 주고 이를 악물고 들어오는 강타를 피한다.

목과 턱에 단단히 힘을 준다. 이를 악문다.
이마로 펀치를 맞는 것이 가장 효과적이다.

팔로 공격을 빗나
가게 한다.

스트레이트 펀치

1 얼굴을 향해 들어오는 스트레이트 펀치는 앞으로 움직이면서 받아쳐야 들어오는 강타의 힘을 빼앗을 것이다.

2 이마를 맞는 것이 가장 효과적으로 펀치를 흡수하는 것이고 부상이 적다.

코를 맞지 않도록 하라. 지독하게 아프다.

3 팔로 공격을 막아 빗나가게 하라.

펀치를 따라 몸을 움직이면 상대방은 목표를 양쪽으로 놓치게 될 것이다.

4 (선택) 어퍼컷이나 라운드하우스펀치로 맞받아 쳐라.

라운드하우스 펀치 (옆으로 크게 돌려 치는 스윙펀치)

1 턱을 꽉 다문다.

귀에 맞는 펀치는 대단히 아프고 턱이 부서질 수도 있다.

2 적에게 가까이 움직여 가라.

펀치가 머리 뒤로 지나가게 한다.

3 (선택) 어퍼컷으로 반격한다.

어퍼컷

1 목과 턱을 단단히 붙인다.
어퍼컷은 머리를 갑자기 뒤로 젖히게 되고 쉽게 턱이나
코를 부러뜨릴 수 있어 큰 부상의 원인이 된다.

2 턱에 들어오는 스트레이트 펀치의 충격을 줄이기 위해 팔로
충격을 흡수하거나 옆으로 빗나가게 한다.

3 어퍼컷이 들어오면 앞으로 나서지 마라.
가능하면 머리를 옆으로 움직여라.

4 (선택) 스트레이트 펀치나 어퍼컷으로 적의 얼굴을 맞받아
친다.

제 **3** 장

믿음을 가지고 점프하기

다리나 절벽에서 강으로 점프하려면

다급한 상황을 만나 6미터 이상 높은 곳에서 물로 뛰어내려야 한다면 당신은 주변을 돌아볼 여유가 없을 뿐 아니라 물의 깊이도 알 수 없을 것이다. 점핑이 위험한 것은 바로 이 때문이다.

만약 다리에서 강물로 점프해야 한다면 배가 다니는 깊은 물로 뛰어내리도록 하라. 이 부분은 일반적으로 강의 중심부이며 강가에서 떨어져 있다.

다리를 받치는 기둥이 서 있는 부분을 피하라. 부유물이 이곳에 모일 수 있고 물에 들어갈 때 그것들과 부딪칠 수 있다.

수면으로 떠오른 후에는 곧 육지를 향해 헤엄쳐라.

점프하기

1 발이 먼저 떨어지게 한다.

2 몸을 완전히 수직으로 유지한다.

3 두 발을 함께 붙인다.

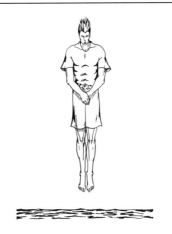

두 발을 모으고 몸을 수직으로 세워 발이 먼저 떨어지게 점프한다. 앞의 가랑이를 두 손으로 보호한다.

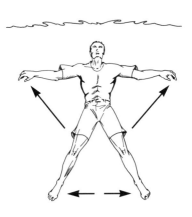

물에 들어간 후에는 팔과 다리를 활짝 펴서 앞뒤로 움직인다. 그러면 물에 빠져 들어가는 속도가 늦어질 것이다.

다리나 절벽에서 강으로 점프하려면

발이 먼저 물에 들어가게 한다. 두 다리를 함께 붙인다. 그렇지 않으면 물에 들어가면서 심각한 내장기관의 부상을 입을 수도 있다.

가랑이 부분을 두 손으로 덮어서 보호한다.

물에 들어가면 즉시 팔과 다리를 활짝 펴서 앞뒤로 움직이며 저항을 일으킨다. 바닥으로 떨어지는 속도를 늦춰줄 것이다.

항상 물이 깊어서 바닥에 부딪치지 않을 것이라는 생각은 하지 마라.

알아두기

* 위에 설명한 것처럼 물로 뛰어들면 다리가 부러질 수도 있겠지만 당신의 생명을 구할 수 있다.

* 몸을 똑바로 세우지 않으면 물에 들어가면서 등을 부러뜨릴 수 있다. 물에 닿을 때까지 몸을 수직으로 유지하라.

* 적어도 물의 깊이가 6미터가 된다는 확신이 없으면 머리를 먼저 물에 넣는다는 생각은 절대로 하지 마라. 다리가 바닥에 부딪치면 부러질 것이다. 그러나 머리가 바닥에 부딪치면 두개골이 깨진다.

높은 빌딩에서 대형 쓰레기통으로 뛰어내리려면

점프하는 법

1 곧장 아래로 점프하라.

만약 건물로부터 비스듬히 뛰어내리면 쓰레기통을 빗나갈 수도 있다. 몸을 밀어 껑충 뛰고 싶다는 생각은 버려라.

2 머리를 파묻고 두 다리를 올려라.

떨어지는 동안에 이렇게 하는 것은 근본적으로 완전히 공중제비를 하는 것이 아니라 4분의 3 정도만 회전하는 것이다. 이렇게 하는 것이 등을 아래로 착륙하게 하는 유일한 방법이다.

3 철제 쓰레기통이나 큰 상자의 가운데를 겨냥하라.

4 손과 발이 닿을 수 있도록 몸을 회전시켰을 때 등이 먼저 바닥에 닿도록 착륙한다.

높은 곳에서 몸이 어딘가에 부딪치면 몸이 V자형으로 접혀지고 배로 착륙하면서 등이 부러질 수도 있다.

1. 곧장 아래로 떨어진다.
2. 3/4정도 회전하면서 머리를 묻고 다리를 들어올린다.
3. 쓰레기통의 가운데를 겨냥하고 등으로 착륙한다.

알아두기

＊만약 건물에 화재가 났거나 다른 돌발적인 사고가 나서 피하는 경우 당신은 건물에서 되도록 멀리 뛰어내려야 할 것이다. 따라서 착륙 목표 지점도 건물로부터 멀리 있을 것이다.

＊철제 쓰레기통은 벽돌이나 다른 단단한 물질이 가득 들어 있을 수도 있다. 그러나 적당한 종류의 쓰레기(종이 상자류가 가장 좋음)가 들어 있고 정확하게 착륙할 수만 있으면 5층 정도의 높이에서 떨어진다고 해도 생존 가능성은 충분히 있다.

달리는 열차의 지붕에서 안으로
들어가려면

1 몸을 똑바로 세우지 마라.

바람이 불어오는 쪽으로 몸을 약간 구부린다. 기차가 시속 50킬로미터 이상의 속도로 달린다면 바람을 맞받으면서 기차의 지붕에서 몸의 균형을 유지하기는 어려울 것이다. 그러므로 내려올 수 있을 때까지 네 발로 기는 것이 가장 좋은 방법이다.

2 기차가 모퉁이에 접근하면 걷기를 중지하고 납작하게 엎드려라.

가장자리에 가드레일이 있을 수도 있다. 만약 있다면 그것을 꽉 잡아라.

3 기차가 터널 입구에 가까이 가면 재빨리 납작하게 엎드린다.

기차의 지붕과 터널의 천장 사이에는 약 90센티미터 정도의 간격밖에 없으므로 일어설 수는 없다. 기차가 터널에 도착하기 전에 기차의 끝까지 걷거나 계단을 내려가 안으로 들어갈 수 있다는 생각을 하지 마라. 그렇게 하기는 어려울 것이다.

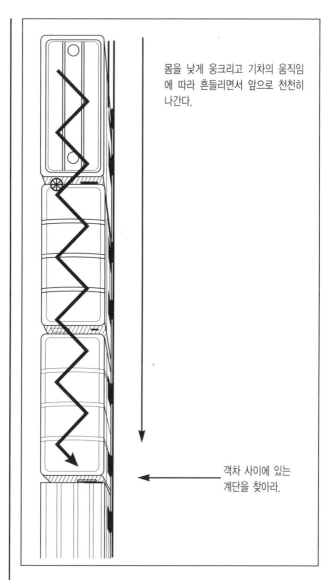

몸을 낮게 웅크리고 기차의 움직임에 따라 흔들리면서 앞으로 천천히 나간다.

객차 사이에 있는 계단을 찾아라.

제3장 믿음을 가지고 점프하기

4 기차의 리듬에 따라 몸을 좌우로 또 앞으로 움직인다.

직선으로 나가지 마라. 발을 90센티미터 정도 벌리고 좌우로 흔들리면서 앞으로 나간다.

5 객차의 끝에 있는(두 객차 사이) 계단을 찾아 내려간다.

차량의 옆에는 거의가 계단이 없다. 그것은 대개 영화에서나 볼 수 있는 것으로 더 자극적인 묘기를 보여주기 위한 것이다.

알아두기

화물 열차는 크기와 모양이 매우 다양하다. 그러므로 차량과 차량 사이를 건너가는 것이 쉬울 수도 있고 아주 어려울 수도 있다. 3.6미터 높이의 지붕이 있는 화차는 화학제품을 실은 둥근 모양의 차량이나 평평한 차량보다 건너뛰기가 쉬울 수도 있다. 그러나 당신이 만약 이런 유형의 열차 위에 있다면 최고의 선택은 차량 사이를 건너뛰는 위험을 감수하기보다는 가능하면 빨리 내려오는 것이다.

달리는 자동차에서 뛰어내리려면

달리는 차에서 몸을 밖으로 던지는 것은 최후의 수단이 되어야 한다. 예를 들어 브레이크가 고장났거나 당신이 탄 차가 절벽을 향해 달린다거나 혹은 기차와 충돌하려고 할 때 등이다.

1 사이드 브레이크를 사용하라.

차를 멈추게 하지 못할 수도 있지만 속도를 늦추어 좀 더 안전하게 뛰어내릴 수가 있을 것이다.

2 자동차 문을 열어라.

3 당신은 차가 달리는 방향에서 충분히 벗어날 수 있는 각도로 뛰어내려야 한다.

당신의 몸은 자동차와 같은 속도로 움직이기 때문에 당신은 차가 달리는 방향으로 계속 움직이려고 할 것이다. 자동차가 곧장 직진하고 있으면 가는 방향으로부터 충분히 멀리 떨어질 수 있는 각도로 점프한다.

4 머리를 숙이고 두 손과 발을 모으며 뛰어내린다.

5 보도나 나무가 아닌 잔디, 관목, 나무 부스러기 등 부드럽게 착륙할 수 있는 자리를 겨냥한다.

스턴트맨들은 패드를 대고 모래상자 안으로 뛰어내린다. 어떤 것이든 몸이 바닥과 부딪칠 때 부상을 줄이기 위한 것이면 도움이 될 수 있다.

6 땅에 닿으면 몸을 굴려라.

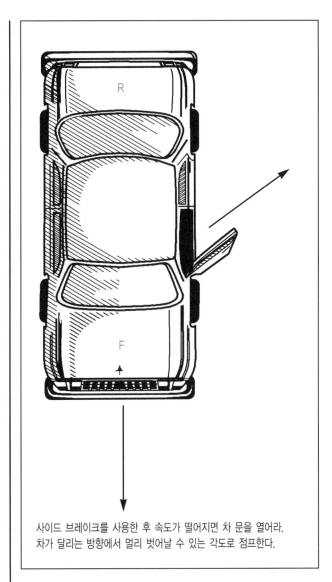

사이드 브레이크를 사용한 후 속도가 떨어지면 차 문을 열어라.
차가 달리는 방향에서 멀리 벗어날 수 있는 각도로 점프한다.

달리는 오토바이에서 자동차로 옮겨 타려면

자동차 창문을 통해서 차안으로 들어가려고 한다면 요즈음의 많은 신형 차들은 앞 창문만 끝까지 내릴 수 있다는 것을 기억하라. 당신은 앞자리 조수석으로 들어가야 한다.

1 품질이 좋은 헬멧을 쓰고 가죽 재킷과 가죽 바지를 입고 가죽 장화를 신어라.

2 두 차량이 같은 속도로 달려야 한다.
속도가 느릴수록 안전하다. 시속 100킬로미터 이상의 속도에서는 대단히 위험한 일이다.

3 오래 직진할 수 있는 도로 구간이 나올 때까지 기다려라.

4 가능하면 오토바이를 차에 가깝게 접근시킨다.
도로에서 벗어나지 않도록 조심하라.

5 앉았던 자리나 발판에서 몸을 웅크리고 두 발로 서라.

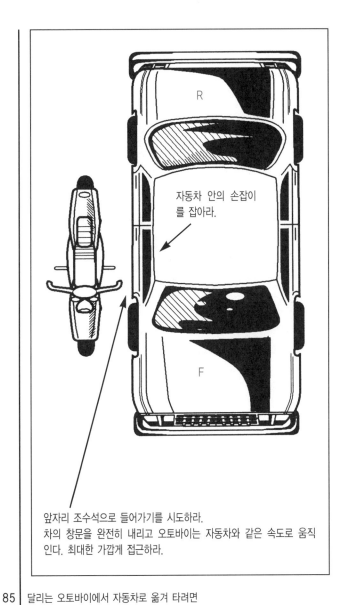

자동차 안의 손잡이
를 잡아라.

앞자리 조수석으로 들어가기를 시도하라.
차의 창문을 완전히 내리고 오토바이는 자동차와 같은 속도로 움직
인다. 최대한 가깝게 접근하라.

6 마지막 순간까지 스로틀을 잡고 있어라.

스로틀을 놓는 순간 오토바이의 속력이 떨어진다.

7 만약 자동차 문 위에 손잡이가 있으면 자유로운 손으로 그것을 움켜잡아라.

그렇지 않으면 시간을 조절해서 당신의 몸을 차안으로 던져라. 누군가 당신을 잡고 안으로 당길 수 있다면 훨씬 좋을 것이다.

8 당신이 차안에 들어가면 차의 운전자는 곧 오토바이로부터 벗어나야 한다.

일단 당신이 오토바이의 핸들을 놓았으므로 오토바이는 제어력을 잃고 충돌할 것이다. 당신이 탄 차의 뒷바퀴 밑으로 미끄러질 수도 있다.

9 만약 창문을 놓치고 들어가지 못했으면 머리를 숙이고 두 차량으로부터 멀리 몸을 굴려라.(80페이지 달리는 차로부터 뛰어내리기 참조)

알아두기

두 사람이 오토바이에 타고 있으면, 점프하지 않는 사람이 계속해서 운전을 할 수 있으므로 훨씬 더 쉽다.

영화와 스턴트 쇼에서 보여주는 방법은 대개 느린 속도에서 진행된다. 그리고 오토바이나 자동차의 한쪽 옆에 철제 받침대를 설치해서 사용한다. 그래서 옮겨 타는 사람은 오토바이가 균형을 유지하는 동안 발을 옮길 수가 있다. 당신은 이런 선택권을 가질 수 없을 것이다.

제 **4** 장

응급조치

기관 절개술을 시행하려면

원칙적으로 이 과정은 목에 이물질이 걸린 사람이 전혀 숨을 쉴 수 없어 헐떡거리는 소리나 기침 소리도 내지 못할 때와, 하임리 조작술(이물로 목구멍이 막힌 사람을 뒤에서 껴안고 흉골 아래를 주먹으로 세게 밀어 올려서 이물질을 토하게 하는 응급 구명법: 옮긴이)을 세 번 실시한 후에도 이물질을 제거하지 못했을 경우에만 시행되어야 한다. 가능하면 당신이 실시하는 동안 누군가가 보조 역할을 해야 할 것이다.

필요한 준비물

∗ 가능하면 구급 상자
∗ 면도날 혹은 매우 날카로운 칼
∗ 스트로(2개가 좋음) 혹은 잉크튜브를 제거한 볼펜. 스트로나 볼펜을 구할 수 없으면 빳빳한 종이나 판지를 둘둘 말아서 튜브로 사용한다. 제대로 된 구급 상자에는 기관 절개관이 들어 있을 수도 있다.

당신은 이 도구들을 살균 소독할 시간이 없을 것이다. 그렇다면 마음 쓰지 마라. 현시점에서 감염은 가장 사소한 문제다.

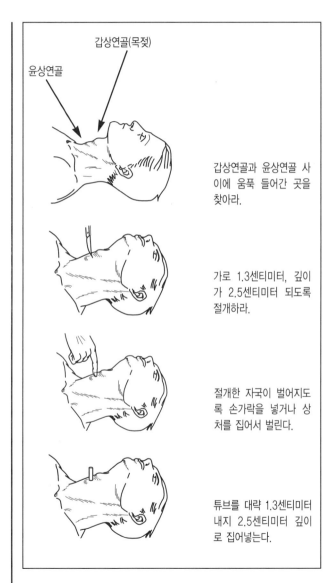

갑상연골(목젖)

윤상연골

갑상연골과 윤상연골 사이에 움푹 들어간 곳을 찾아라.

가로 1.3센티미터, 깊이가 2.5센티미터 되도록 절개하라.

절개한 자국이 벌어지도록 손가락을 넣거나 상처를 집어서 벌린다.

튜브를 대략 1.3센티미터내지 2.5센티미터 깊이로 집어넣는다.

기관 절개술을 시행하려면

시술하는 법

1 환자의 갑상연골(목젖)을 찾는다.

2 목젖에서 2.5센티미터 아래를 만져보면 볼록 나온 부분을 느낄 수 있다.
이것이 윤상 연골이다. 두 연골 사이의 움푹 들어간 곳이 윤상갑상막이고 그곳이 절개할 부분이다.

3 면도날이나 칼을 가지고 가로로 1.3센티미터를 절개한다.
너무 많은 피를 흘리지는 않을 것이다.

4 절개한 자국을 집어서 열거나 손가락을 안에 넣어 넓힌다.

5 튜브를 그 안에 1.3-2.5센티미터 깊이로 집어넣는다.

6 튜브에 대고 빠르게 두 번 숨을 불어넣는다.
5초 쉬고 다시 5초마다 한 번씩 숨을 불어넣는다.

7 만약 당신이 모든 과정을 정확하게 시행했다면 그 사람은 가슴이 솟아오르고 의식이 돌아올 것이다.
힘들긴 하겠지만 그는 의료진이 도착할 때까지 숨을 쉴 수 있을 것이다.

심장마비일 때 전기충격기를
사용하려면

디피브러레이터(Defibrillator)란 강력한 전기 충격을 심장에 가하는 것이다. 디피브러레이터(전기 충격을 이용하여 심장마비일 때 사용하는 기구)는 영화와 텔레비전 쇼에서 볼 수 있는 장치로 손바닥 크기의 패드를 환자의 가슴에 부착시키는 것이다. 과거에 사용하던 디피브러레이터는 매우 무거우며 가격이 비싸고 정기적인 보수가 필요하며 주로 병원에서만 사용되었지만 지금은 휴대용 제품들이 많이 나와 있다. 디피브러레이터는 CPR(심폐기능 소생술)에 의한 도움을 받을 수 없는 갑작스러운 심박정지(SCA)에만 사용되어야 한다.

디피브러레이터를 사용하는 법

1️⃣ 녹색 버튼을 눌러 기계를 작동시킨다.
대부분의 기계는 영상과 음성 양쪽으로 알려줄 것이다.

2️⃣ 먼저 환자의 셔츠를 벗기고 보석 장신구를 제거한다. 그리고는 기계의 LED패널에 나타난 그림처럼 가슴에 패드를 부착시킨다.

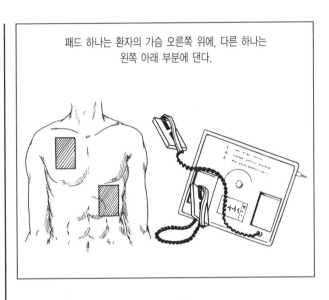

패드 하나는 환자의 가슴 오른쪽 위에, 다른 하나는
왼쪽 아래 부분에 댄다.

3 패드의 플러그를 연결장치에 꽂아라.

디피브러레이터는 환자의 상태를 분석하고 전기적 쇼
크가 필요한지를 결정할 것이다. 그 때 환자를 만지지
마라.

4 만약 쇼크가 필요하다면 디피브러레이터는 영상과 음성으
로 오렌지색 버튼을 누르라는 지시를 내릴 것이다.

버튼을 누른 후에 환자를 만지지 마라. 기계는 환자가
두번째 쇼크가 필요한지 아닌지 자동으로 체크할 것이
다. 만약 필요하다면 오렌지색 버튼을 다시 누르라고 지
시할 것이다.

환자의 호흡과 맥박을 체크하라.

환자가 맥박은 뛰지만 숨을 쉬지 않으면 입으로 하는 인공호흡을 시작하라. 만약 맥박이 뛰지 않으면 세동제거 과정을 되풀이한다.

알아두기

디퍼브러레이터는 심장의 전기적인 신호에 혼란이 오고 기능이 정지된 갑작스러운 심박정지(SCA)를 일으킨 사람에게 사용되어야 한다. SCA를 일으킨 사람은 호흡이 중단되고 맥박이 느리거나 정지하며 의식을 잃게 된다.

폭탄을 식별하려면

편지나 소포 폭탄은 매우 위험하고 파괴적이다. 그러나 아무런 경고도 없이 갑자기 터지는 폭탄과 달리 편지나 소포에 장치된 폭탄은 식별할 수 있다. 다음의 순서와 경고 표시를 잘 살펴보자.

편지폭탄을 발견하는 법

1 우편집배원이 뜻밖에 부피가 큰 편지나 소포를 배달하면 그것을 눌러보지 말고 불룩한 부분이나 삐죽 튀어나온 곳이 있는지 잘 살펴보라.
균형이 잡히지 않고 들쭉날쭉 포장된 소포를 체크하라.

2 회사의 주소나 상표가 손으로 씌어진 것은 정상이 아니다. 그런 회사가 정말 있는지 그들이 소포나 편지를 보냈는지 체크하라.

3 노끈으로 묶은 소포는 수상하다. 현대의 포장재는 꼰실이거나 노끈이 필요 없도록 만든다.

4 작은 소포나 편지에 지나치게 많은 요금의 우표가 붙어 있으면 경계하라. 이것은 그 물건이 우체국에서 무게를 달지 않았음을 의미한다.

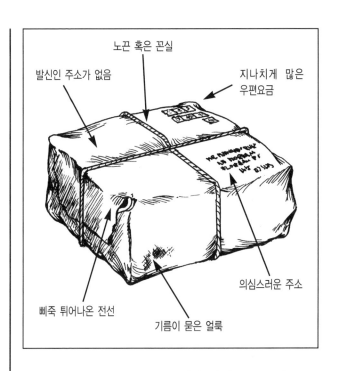

노끈 혹은 끈실

발신인 주소가 없음

지나치게 많은 우편요금

의심스러운 주소

삐죽 튀어나온 전선

기름이 묻은 얼룩

미국에서는 무게가 500그램 이상 나가는 소포에 우표를 붙여 우체통에 넣는 것은 불법이다. 반드시 우체국에 가지고 가야 한다.

5 내용물의 얼룩이 스며나온 자리, 특히 기름이 얼룩진 자리가 있고, 전선이 삐죽이 튀어나와 있거나 혹은 지나치게 테이프가 많이 붙은 소포를 경계하라.

6 발신인 주소가 없거나 엉터리로 쓴 물건을 조심하라.

폭발물을 수색하는 법

정부기관들은 폭탄과 폭발장치들을 수색하는 방법을 갖고 있다. 폭발의 위협이 있는 경우 다음 순서는 두 사람이 한 팀을 이루어 방안을 수색하는 지침이다.

1 수색할 방을 두 부분으로 나눈다.
1차 수색시 바닥과 가구 위에 있는 것까지 모든 물건을 수색한다.

2 두 사람은 방의 반대편에서부터 시작해서 서로를 향해 움직인다.

3 벽을 돌아 수색하면서 방의 중심을 향해 나아간다.

4 수상한 소포나 장치를 발견하면 건드리지 말고 폭발물 해체반을 부른다.

탐지 장치

폭탄을 식별하기 위해서 X레이는 물론 금속 탐지기와 증기 탐지기를 포함해서 여러 유형의 장비와 방법들이 동원된다. 휴대용 장치와 개인이 소유할 수 있을 정도로 가격이 비싸지 않은 장비들도 있다.

특수 폭발물 탐지기

＊ TNT와 니트로글리세린은 물론 현대적인 플라스틱 폭탄의 성분을 찾아낸다.

＊ C4, PE4, SX2, 셈텍스, 데멕스 등에 사용되는 RDX, 군용 폭발물, 셈텍스에 사용되는 PETN, TNT, NG(니트로글리세린) 등을 찾아낸다.

＊ 폭발물에 사용되는 백만 분의 일 크기의 입자를 조사하기 위해 IMS를 사용한다. 샘플로 1나노그램만 있으면 충분하다.

＊ 샘플 수건이나 면장갑으로 수상한 물질을 닦아낸다. 분석 시간은 대략 3초 정도 걸린다. 목표가 되는 물질을 식별한 내용은 빨간 경고등 및 상대적인 수치를 그래픽으로 나타낸다. 음성 경고는 사용자가 명시하면 들을 수 있다.

＊ AC 혹은 배터리가 필요하다.

＊ 대략 37.5×30×37.5 센티미터이다.

1 휴대용 X레이 시스템

＊ 폴라로이드 X선 필름 카세트와 프로세서를 사용해서 소화물과 꾸러미를 자세하게 방사선 촬영한다.

＊ AC 혹은 재충전용 배터리가 필요하다.

＊ 수상한 물건에 렌즈를 맞추고 프로세서를 사용해서 필름에 나타난 영상을 조사한다.

스프레이 폭탄 탐지기

이 휴대용 에어러솔 스프레이는 소포와 손과 지문에 플라스틱 폭발물과 전통적인 TNT를 조사하기 위해 박층으로 된 테스트 페이퍼와 함께 사용된다. 테스트 도구는 테스트 페이퍼와 두 개의 스프레이 캔인 E와 X가 포함된다. 우선 테스트하려는 서류가방 슈트케이스 등의 표면을 흰 종이로 문지른 다음 E캔으로 스프레이한다. 만약 TNT가 발견되면 종이는 보라색으로 변한다. 아무 반응이 없으면 X캔을 종이에 스프레이한다. 핑크빛이 즉시 나타나면 플라스틱 폭발물이 있음을 가리키는 것이다. 엑스스프레이를 직접 종이와 소포에 뿌릴 수도 있는데 순서와 결과는 동일하다.

폭발 범위 탐지기

무선조종 폭발물 탐지기는 자동차에 탑재되어 있다.

이 장비는 자동으로 폭발물을 조사해서 반경 1킬로미터 내의 모든 라디오 주파수에 전송한다. 그 지역에 무선조종 폭발물이 있을 때 그것이 폭발하지 않도록 방해한다.

알아두기

폭탄 전문가들은 폭발물을 다룰 때 가장 중요한 것은 피하는 것이라고 강조한다. 당신이 살아남을 최고의 가능성은 이런 장비들 중 하나를 갖는 것이 아니라 폭발물 해체반과 같이 있는 것이다.

택시에서 출산하게 될 경우

아기를 낳기 전에 병원에 도착하게끔 최선의 노력을 다하라. 아기는 언제 나올 준비가 되는지 정확하게 알 수 없다. 그러므로 병원에 도착하기에 시간이 모자란다는 생각이 들더라도 노력하라. "양수가 터진 것"이 곧 출산할 것이라는 확실한 표시는 아니다. 양수는 실제로 아기가 떠있던 양막 안의 액체이다. 산모의 양수가 터져도 몇 시간이 지난 후에야 아기가 태어날 수 있다. 그러나 만약 너무 늦게 병원으로 출발했거나 교통정체에 막혀 있다면 당신은 차 안에서 아기를 낳아야 한다. 여기 출산의 기본적인 개념을 알아보자.

1 자궁이 수축하는 시간을 잰다.

초산인 산모가 약 3분에서 5분 간격으로 40초 내지 90초간의 수축이 일어나면서 적어도 한 시간 동안 강도와 횟수가 증가하면 십중팔구는 진통이 시작된 것이다. 기본적으로 아기들은 스스로 출산한다고 할 수 있다. 그러므로 준비가 될 때까지 자궁 밖으로 나오려고 하지 않는다. 깨끗하고 마른 타월과 깨끗한 셔츠 등을 준비한다.

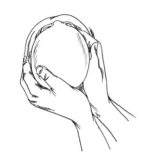

아기가 산도를 통해 움직이면 머리를 받쳐주어 나오게 한다.

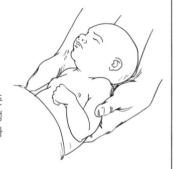

아기가 나오면 몸을 받쳐준다. 아기를 울게 만들려고 엉덩이를 찰싹 때리지 마라. 아기는 저절로 숨을 쉴 것이다.

아기를 마른 수건으로 닦은 후에 아기의 몸으로부터 10센티미터 정도 떨어진 곳의 탯줄을 구두끈이나 다른 줄로 묶는다. 탯줄은 아기가 병원에 도착할 때까지 그냥 둔다.

2 아기가 자궁 밖으로 나오기 시작하면 아기의 몸에서 가장 큰 부분인 머리가 자궁경관을 열고 나오면서 나머지 몸이 통과할 수 있도록 한다.

(만약 다리가 먼저 나오는 경우 다음 페이지를 참조) 아기가 산도를 통과해서 산모의 몸 밖으로 나오면 아기의 머리를 받고 몸을 받친다.

3 밖으로 나온 아기의 물기를 닦아주고 따뜻하게 해준다.

아기를 울리기 위해 엉덩이를 찰싹 때리지 마라. 아기는 저절로 숨을 쉴 것이다. 필요하면 손가락을 아기 입에 넣어 입안에 든 액체를 씻어낸다.

4 탯줄을 묶는다.

끈(구두끈도 괜찮다)으로 아기의 몸으로부터 10센티미터 정도 떨어진 곳을 묶는다.

5 병원에 도착할 때까지 여러 시간이 걸리는 경우가 아니면 탯줄을 자를 필요는 없다.

만약 그런 경우라면 산모 쪽으로 10센티미터 정도 가까운 곳을 다시 묶은 후 두 매듭 사이를 자름으로써 안전하게 탯줄을 자를 수 있다. 병원에 도착할 때까지 탯줄을 그냥 두어라. 아기에게 달린 탯줄은 저절로 떨어질 것이다. 태반은 짧게는 3분, 길어야 30분 안에 아기를 따라 나올 것이다.

아기의 발이 먼저 나오는 경우

임신 중에 가장 흔하게 일어나는 복잡한 문제는 골반위(역아) 출산이다. 출산할 때가 가까워도 아기가 엄마처럼 머리를 위로 한 자세로 있을 때 머리가 아니라 발이 먼저 자궁 밖으로 나오는 것이다. 머리는 아기 몸에서 가장 큰 부분이기 때문에 만약 발이 먼저 나온다면 자궁 경관은 나중에 머리가 나올 수 있을 만큼 충분히 확장되지 않을 위험이 있다. 현재 대부분의 골반위 아기들은 제왕절개 수술을 통해 출산된다. 만약 아기가 발부터 거꾸로 나오기 시작할 때 당신이 병원의 의사나 조산원의 도움을 전혀 받을 수 없다 하더라도 어쨌든 출산을 해야 할 것이다. 골반위 출산이 반드시 머리가 산도를 통과할 수 없다는 의미는 아니다. 그럴 가능성이 높다는 것뿐이다. 더욱 세심하게 앞에 설명된 방법으로 아기를 출산하라.

동상을 치료하려면

동상은 매우 추운 날씨에 피부 세포의 물분자가 얼기 때문에 일어나는 증상이다. 동상의 특징은 피부가 희고 밀납처럼 창백해지며 마비된 것처럼 감각을 느낄 수 없다는 것이다. 더 심해지면 피부가 검푸른 색을 띠며 가장 심한 경우는 괴저에 걸려 절단하게 될 수도 있다. 동상에 잘 걸리는 부분은 일반적으로 손가락과 발가락, 코, 귀, 볼 등이다. 동상은 의사의 치료를 받아야 한다. 그러나 비상시에 다음 조치를 취한다.

1 젖은 옷을 벗고 따뜻하고 마른 옷으로 그 부분을 감싼다.

2 언 부분을 따뜻한 물(37℃-40℃)에 담그거나 10분 내지 30분 동안 따뜻하게 눌러준다.

3 따뜻한 물이 없으면 따뜻한 담요로 부드럽게 감싼다.

4 전기나 가스불, 전기방석 등의 열에 직접 닿지 않도록 한다.

5 다시 얼 위험이 있으면 언 부분을 녹이지 마라. 심각한 조직의 손상을 가져올 수 있다.

6 동상 걸린 피부를 문지르거나 눈으로 문지르지 마라.

7 따뜻하게 하는 동안 아픔을 완화시키기 위해 아스피린이나 이부프로펜과 같은 진통제를 복용한다.

언 부분을 따뜻하게 녹일 때 굉장히 화끈거리는 느낌이 든다. 피부에 물집이 생기고 부드러운 조직이 부어오르며 피부가 빨갛고 파랗거나 또는 자주색으로 변할 수도 있다. 피부가 핑크빛이 돌고 더 이상 마비된 느낌이 없으면 녹은 것이다.

8 살균 붕대를 동상 부위에 감아준다.

손가락 혹은 발가락에 동상에 걸렸으면 그 사이사이에 붕대를 끼운다. 물집을 건드리지 않도록 하고 다시 어는 것을 방지하기 위해 따뜻하게 감싸고 가능하면 조용히 환자가 그 부분을 녹이게 한다.

9 빨리 의사의 치료를 받게 한다.

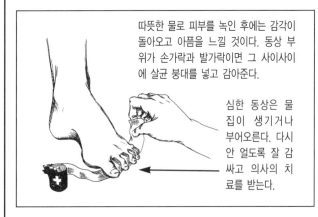

따뜻한 물로 피부를 녹인 후에는 감각이 돌아오고 아픔을 느낄 것이다. 동상 부위가 손가락과 발가락이면 그 사이사이에 살균 붕대를 넣고 감아준다.

심한 동상은 물집이 생기거나 부어오른다. 다시 안 얼도록 잘 감싸고 의사의 치료를 받는다.

1도 동상을 치료하는 법

1도 동상은 동상을 알리는 초기 경고이다. 감각이 없고 창백한 색을 띠는 것이 특징이다. 이것은 집에서 안전하게 치료할 수 있다.

1 젖은 옷을 벗는다.

2 따뜻한 물에 담근다. (37℃-40℃)

3 환자가 물 온도를 맞추게 하지 마라. 마비된 부분은 뜨거움을 느낄 수 없으므로 데일 수도 있다.

4 피부가 핑크빛을 띠고 감각이 돌아올 때까지 치료를 계속하라.

동상을 피하는 법

* 추운 날씨에 손발을 따뜻하게 하고 장갑을 끼고 양말을 신는다.
* 옷을 여러 겹으로 겹쳐 입고 얼굴에 마스크를 한다.
* 다섯 손가락 장갑 대신 벙어리 장갑을 끼고 귀마개를 한다.
* 가능할 때마다 손발을 따뜻하게 해준다.

다리 골절을 치료하려면

대부분의 다리 부상은 삐는 것이지만 삐는 것과 골절은 치료법이 동일하다.

1 피부가 찢어졌으면 감염되지 않도록 상처를 건드리지 말고 그 위에 아무것도 대지 마라.
상처의 출혈이 심하면 살균된 붕대나 깨끗한 천으로 상처 부위를 계속 눌러 피가 흐르는 것을 멈추게 한다.

2 부상당한 다리를 움직이지 마라. 다리를 고정시키기 위해 상처에 댈 부목이 필요하다.

3 부목으로 사용할 같은 길이의 나무나 플라스틱 혹은 판지 접은 것 등 뻣뻣한 것 2개를 준비한다.

4 부상당한 다리의 위와 아래에 부목을 대라. 만약 다리를 움직이는 것이 너무 고통스러우면 옆에 댄다.

5 끈이나 로프, 혹은 벨트 등 무엇으로든 부목을 묶어라.
천을 찢어서 끈 대신 사용할 수도 있다. 부목은 부상당한 부분에 길게 댈 수 있어야 한다.

6 부목을 너무 단단히 묶지 마라. 혈액 순환을 막을 수 있다.

부상당한 다리를 움직이지 마라.

나무, 플라스틱, 혹은 판지 접은 것 등 빳빳한 것을 같은 길이로 2개 준비한다.

부목을 부상한 부분의 위 아래로 댄다.

끈, 로프, 벨트 등 가능한 것은 무엇이든 부목을 묶어라.

손가락을 로프, 벨트, 혹은 천 밑으로 살짝 넣을 수 있어야 한다.

다리 골절을 치료하려면

손가락을 로프나 천 밑으로 집어넣을 수 있어야 한다.
부목을 댄 부분이 파랗거나 하얗게 되면 끈을 느슨하게
풀어준다.

7 부상당한 사람을 반듯하게 눕힌다.
혈액 순환을 돕고 쇼크를 예방하는데 도움이 된다.

골절, 삐는 것, 탈구의 증상들
* 움직이기 어렵거나 제한적으로만 움직일 수 있다.
* 부어오른다.
* 상처 부위에 멍이 든다.
* 심하게 아프다.
* 마비가 온다.
* 출혈이 심하다.
* 피부를 통해서 뼈가 부러진 것이 보인다.

피해야 할 것
* 상처 부위를 깨끗이 하기 위해 누르거나 찌르지 마라. 감염을 일으킬 수도 있다.
* 꼭 필요한 경우가 아니면 부상당한 사람을 옮기지 마라. 부러진 곳을 처리하고 그 다음에 도움을 구한다.
* 환자를 움직일 경우 부상한 부분을 먼저 고정시킨다.
* 부상한 다리를 올리지 마라.
* 부러진 뼈를 움직이거나 다시 맞추려고 하지 마라.

총이나 칼에 의한 상처를 치료하려면

1 상처에 박힌 것을 즉시 잡아 빼지 마라.

총알, 화살, 칼, 막대기 등은 피부를 뚫고 들어가는 부상을 입힌다. 이런 것들이 신체의 중요한 부분이나 신경혹은 동맥 근처에 박혔을 때 갑자기 빼내는 것은 더 큰출혈을 일으키고 지혈하기가 어려울 수도 있다. 몸에 박힌 물건은 동맥이나 다른 중요한 내장 조직에 압착되어실제로 출혈을 감소시키는데 도움이 될 수도 있다.

2 직접 압박법, 국소 거양법, 지압점 압박법, 지혈대 사용법 등을 종합적으로 사용함으로써 출혈을 억제한다.

직접 압박법 : 대부분의 출혈은 상처를 직접 눌러줌으로써 억제할 수 있다. 피가 흐르는 부분에 직접 압박을 가하라. 예를 들어 두피에 상처가 나면 피를 많이 흘린다. 손끝으로 상처를 밑의 뼈에 대고 누르는 것이 손바닥으로 넓은 부분을 누르는 것보다 더 효과적이다. 소동맥에서 피가 분출하는 것을 막기 위해 손끝을 사용하라.

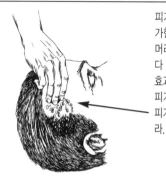

피가 흐르는 면에 직접 압박을 가한다.
머리에 난 상처에는 손바닥보다 손끝을 사용하는 것이 더 효과적이다.
피가 응고되게 하라.
피가 분출하는 소동맥을 눌러라.

만약 다리에 부상을 입었으면 출혈을 억제하기 위해 눌러주고 다리를 들어올린다. 감염을 막기 위해 상처에 약을 바른다.

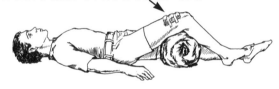

국소 거양법 : 부상한 곳이 사지(四肢) 중 하나면 직접 압박을 가한 다음 그 부분을 심장보다 높여주는 것이 더 이상의 출혈을 감소시킬 수 있는 방법이다. 그러나 단순히 피 흘리는 상처를 심장보다 높이기 위해 쇼크가 난 사람을 일으켜 앉히는 것은 절대로 안 된다.

지압점 압박법 : 출혈을 줄이기 위해 상처 부근의 동맥(맥박을 느낄 수 있다)을 밑에 있는 뼈에 대고 꽉 눌러야 한다. 근육의 부드러운 안쪽을 누르는 것은 출혈을 줄이지 못한다.

지혈대 사용법 : 지혈대는 천으로 만든 넓은 붕대나 벨트

를 출혈이 중지될 때까지 부상당한 부분 둘레에 단단히 감아주는 것이다.(대개 수동식 권양기를 사용) 지혈대를 사용함에도 불구하고 뼈 사이의 혈관에서 계속 피가 흐르기 때문에 일반적으로 큰 부상의 경우 지혈하기에 필요한 압력의 양은 혈관과 신경에 영원한 상처를 줄 수 있다. 지혈대는 수족의 하나를 희생하고 생명을 구하기 위한 마지막 수단으로서만 사용되어야 한다.

3 부상당한 부분을 고정시켜라.

부목과 붕대를 사용해서 부상당한 부분을 고정시킨다. 이것은 더 큰 부상을 방지하고 지혈을 유지한다. 뼈나 관절에 부상당한 것이 아니라도 부상당한 곳을 고정시키는 것은 혈액의 응고와 치료에 도움이 될 것이다.

4 상처에 약을 바르고 감염되지 않도록 한다.

가능하면 살균된 붕대나 깨끗한 붕대를 사용하라. 살을 꿰뚫고 들어간 상처로 혐기성 박테리아가 조직 깊숙이 들어갈 수가 있다. 일반적으로 관통상을 입은 상처를 수술하는데 살균제나 항생제 용액으로 세척하는 것은 바로 그 때문이다. 실제로 병원 밖에서는 드문 일이지만 못에 발을 찔리는 정도의 작은 상처도 이물질을 "씻어내기" 위해 잠시 동안 피를 흘려 버리도록 하는 것을 기억해야 한다. 상처를 과산화수소에 담그는 것도 혐기성 박테리아를 죽이는데 도움이 될 것이다. 찢어진 상처에 연고를 바르면 감염이 촉진될 수 있다.

비상 정보

순수한 과립상태의 설탕을 꿰뚫은 상처에 부으면 출혈을 감소시키고 피를 응고시키며 박테리아의 활동을 방해한다는 데이터가 나와 있다. 지역의 응급센터에서는 그런 일이 있을 수 없겠지만 상황이 위급하다면 고려해 볼 가치가 있을 것이다.

가능하면 빨리 의사의 치료를 받아라.

알아두기

지혈대는 도움이 되지 않는다는 것에 주목해야 한다. 사지(四肢) 중 하나에 생긴 부상이 생명을 위협하는 일은 드물고 위에 설명한 방법으로 억제할 수 없는 출혈은 흔치 않다.

대퇴동맥이나 복강내의 출혈과 같이 치명적인 출혈은 지혈대를 사용할 수 없는 부분에서 일어난다. 완전히 절단하는 것도 그렇게 많은 피를 흘리지 않으며 직접 압박에 의해 억제된다. 동맥을 완전히 절단한 것보다 동맥의 한 부분을 뚫고 지나간 부상일 때 더 많은 피를 흘린다.

제 **5** 장

모험에서 살아남기

비행기를 착륙시키려면

다음의 지시는 상업용 정기 항공기가 아니라 소형 경비행기와 제트기에 해당된다.

1 비행기에 제어장치가 하나뿐이면 조종사를 밀거나 당겨서 그가 앉아 있는 좌석에서 끌어내라.

2 당신이 조종석의 제어장치 앞에 앉는다.

3 무선 헤드폰을 켜라.
도움을 청하기 위해 무선통신을 사용하라. 요크(비행기의 핸들) 위나 혹은 계기판의 CB처럼 생긴 마이크에 제어 버튼이 있을 것이다. 말할 때는 버튼을 아래로 내리밀고, 상대편의 말을 들을 때는 버튼을 놓아라. "메이데이! 메이데이!" 라고 말하며 당신의 상황과 목적지를 말하고 계기판 꼭대기에 인쇄되어 있는 비행기의 호출넘버를 부른다.

4 만약 응답이 없으면 비상 채널, 무선 주파수 121.5에 맞추고 다시 시도하라.
모든 무선은 다르지만 표준 주파수를 사용한다. 당신의 구조 요청을 들은 사람이 적절한 착륙 과정을 당신에게 안내할 수 있을 것이다. 그들의 지시를 조심스럽게 따른다. 만약 착륙 과정을 하나하나 말해 줄 사람과 연결되지 못하면 혼자서 비행기를 착륙시켜야 할 것이다.

5 비행기의 위치를 파악하고 계기들을 확인한다.

주위를 둘러 보라. 비행기가 수평으로 날고 있는가? 막 이륙했거나 착륙하려는 것이 아니라면 비행기는 비교적 곧장 날고 있을 것이다.

요크: 당신의 바로 앞에 있는 핸들이다. 요크는 비행기를 회전시키고 상하진동을 조절한다. 기수를 올리기 위해서는 조종간을 뒤로 당기고, 기수를 내리기 위해서는 앞쪽으로 민다. 비행기를 왼쪽으로 회전시키려면 왼쪽으로 돌리고, 오른쪽으로 회전시키려면 오른쪽으로 돌려라. 요크는 매우 민감하기 때문에 비행중인 비행기를 회전시키려면 2-5센티미터 정도만 원하는 방향으로 움직여라. 순항 속도로 비행하는 동안 기수는 수평에서 밑으로 약 7센티미터 정도 아래로 숙인다.

고도계: 적어도 처음에는 가장 중요한 계기로서 계기판의 중앙에 있으며 고도를 나타내는 빨간 다이얼이다. 작은 바늘은 해발 천 피트 높아지는 것을, 큰바늘은 백 피트를 나타낸다.

헤딩(기수의 방향): 나침반으로 사용되며 중앙에 작은 비행기의 그림이 있는 유일한 계기로서 작은 비행기의 기수는 비행기가 향하는 방향을 가리킨다.

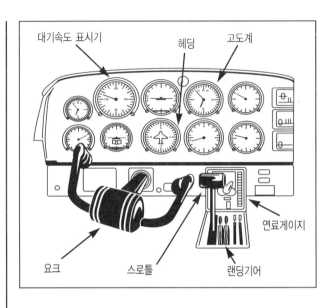

대기속도 표시기   헤딩   고도계

연료게이지

요크   스로틀   랜딩기어

대기속도 : 계기판 왼쪽 위에 있는 다이얼이다. 속력을 마일로 표시하기도 하지만 주로 노트로 눈금을 표시한다. 소형 비행기는 순항하는 동안 대개 120노트의 속도를 낸다. 70노트 이하는 비행에 필요한 속도와 양력을 잃고 추락할 위험이 있다. (1노트:시속 2km 정도)

스로틀 : 대기속도와 기수의 고도, 혹은 수평 관계 등을 조절한다. 두 좌석 사이에 있는 레버이며 항상 검은 색이다. 비행기의 속도를 줄이고 하강하기 위해서는 당신을 향하여 당기고, 속도를 높이고 상승하기 위해서는 앞쪽으로 스로틀을 민다. 엔진은 스로틀이 움직이는 방향에 의지하여 안정될 것이다.

연료 : 연료 게이지는 계기판 아래쪽에 있다. 조종사가 FAA(연방항공국)의 규칙을 따르고 있다면 비행기는 당신이 가려는 목적지까지 비행하기에 충분한 연료와 반 시간 분의 예비 연료를 더 가지고 있을 것이다. 어떤 비행기들은 기본적인 것 외에 예비 연료 탱크를 가지고 있지만 탱크를 바꿀 걱정은 하지 마라.

보조익 : 보조 날개판은 복잡하기 때문에 비행기 조종하는 것을 더 어렵게 만들 수 있다. 대기 속도를 조종하기 위해 보조익이 아니라 스로틀을 사용하라.

6 하강을 시작하라.
속도를 줄이기 위해 스로틀을 뒤로 당기고 순항 속도를 1/4로 줄인다. 비행기의 속도를 늦추면 기수가 내려갈 것이다. 하강하기 위해서 기수는 수평보다 4인치 아래를 향하게 한다.

7 랜딩기어를 사용하라.
비행기의 랜딩기어가 고정된 것인지 접을 수 있는 것인지 알아보라. 고정된 랜딩기어는 항상 내려 있으므로 당신은 아무 것도 할 필요가 없다. 만약 접을 수 있는 것이면 스로틀 근처의 좌석 사이에 타이어 모양을 한 핸들을 가진 다른 레버가 있을 것이다. 물 위에 착륙할 것을 생각해서 접혀진 랜딩기어를 그냥 둔다.

8 적당한 착륙 장소를 찾아라.

만약 공항을 발견할 수 없으면 착륙할 수 있는 평평한 들판을 찾아라. 2킬로미터 길이의 들판이 이상적이지만 이런 길이의 들판을 찾는 것은 미국의 중서부가 아니라면 어려울 것이다. 비행기는 훨씬 더 짧은 활주로에서도 착륙할 수 있다. 그러므로 "완벽한" 착륙지를 찾느라고 애쓸 것은 없다. 선택할 수 있는 곳이 제한되어 있으면 울퉁불퉁한 지형도 괜찮을 것이다.

9 고도계가 1천 피트(약 305미터)를 가리킬 때 오른쪽 날개 끝이 들판에 있도록 활주로와 나란히 서라.

이상적인 상황이라면 당신은 장애물이 있는지 보기 위해 들판을 한 번 지나가야 할 것이다. 연료가 충분하면 그렇게 하길 바란다. 큰 직사각형을 만들면서 들판을 날아 다시 접근하라.

10 활주로에 접근하면서 스로틀을 뒤로 당겨 속력을 줄여라. 기수를 수평에서 15센티미터 이상 아래로 내리지 마라.

11 활주로 바로 위에 있을 때 비행기는 지상에서 1백 피트 상공에 있어야 하며 뒷바퀴가 먼저 닿아야 한다.

비행기는 시속 88킬로미터 내지 105킬로미터의 속도로 멈출 것이다. 그리고 바퀴가 땅에 닿았을 때 비행에 필요한 속도와 양력을 잃고 있을 것이다.

스로틀을 힘껏 뒤로 당기고 비행기의 기수가 너무 수직이
되지 않도록 한다.

비행기가 지상에 닿으면 요크를 부드럽게 뒤로 당긴다.

바닥에 있는 페달을 사용하면서 필요한 키와 브레이크를 조
종한다.

요크는 지상에서 거의 사용하지 않는다. 위의 페달들은
브레이크이고 아래 페달은 기수의 바퀴의 방향을 조절
한다. 먼저 아래 페달에 정신을 집중하라. 오른쪽 페달
을 누르면 비행기가 오른쪽으로 움직이고, 왼쪽 페달을
누르면 왼쪽으로 움직인다. 착륙하면서 속력을 조심하
라. 속도를 적절하게 감속하면 당신이 살아날 가능성도
높아질 것이다. 속도를 시속 200킬로미터에서 120킬로
미터로 감속하면 생존 가능성을 3배로 높일 수 있다.

알아두기

* 나쁜 지형에 훌륭하게 비상 착륙하는 것은 넓은 들판
에 힘들게 착륙하는 것보다 덜 위험할 수 있다.
* 비행기가 나무를 향하는 경우에는 나무 사이로 가게
끔 조종해서 충돌했을 때 날개가 충격을 흡수할 수 있도
록 한다.
* 비행기가 멈추면 빨리 조종사를 데리고 비행기에서
탈출하여 도망쳐라.

지진에서 살아남으려면

1 지진이 났을 때 실내에 있으면 밖으로 나가지 마라.
책상이나 테이블 밑으로 들어가 꼭 잡고 있거나 출입구 쪽으로 이동한다. 그 다음 최적의 장소는 복도나 안쪽 벽에 기대는 것이다. 유리창, 화기가 있는 곳, 무거운 가구나 전기 제품과는 멀리 떨어져라. 부엌은 위험한 곳이므로 즉시 부엌에서 나가라. 건물이 흔들리는 동안 아래층으로 내려가거나 밖으로 달려나가지 마라. 유리나 파편이 떨어지는 것에 맞아 다칠 위험이 있는 동안에는 움직이지 않는다.

2 밖에 있다면 건물, 전선, 굴뚝, 그리고 무너질 염려가 있는 것을 피해 빈터로 나가라.

3 운전 중이면 조심스럽게 자동차를 멈춰라.
가능하면 통행로에서 멀리 벗어난 곳으로 차를 이동시킨다. 그러나 다리 위나 아래, 육교, 나무, 가로등, 전선, 혹은 간판 밑에는 차를 세우지 마라. 진동이 멈출 때까지 자동차 안에 머물러라. 다시 운전을 시작하면 보도에 파인 곳이나 낙석이 없는지 살펴보고 다리가 가까워지면 도로에 부딪칠 것들이 있는지 주의해서 본다.

4 산악지대에 있으면 돌이 구르는 것이나 산사태를 조심하고

느슨해진 지반 때문에 나무와 바위들이 움직이지 않는지 살 핀다.

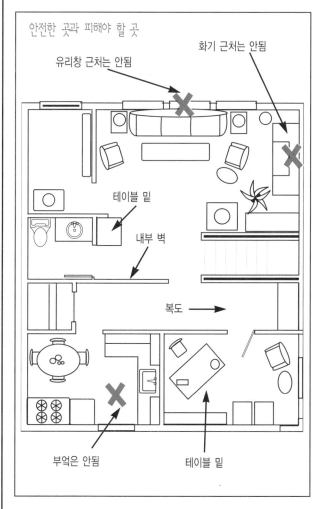

안전한 곳과 피해야 할 곳

화기 근처는 안됨

유리창 근처는 안됨

테이블 밑

내부 벽

복도

부엌은 안됨

테이블 밑

5 지진이 멈춘 후에 부상자를 체크하여 필요한 응급처방을 하고 도움을 청한다.

더 큰 중상을 입을 우려가 없다면 심하게 부상당한 사람을 옮기려고 하지 마라. 부상자에게 담요를 덮어주고 의료진의 도움을 구하라.

6 깨진 유리의 파편을 밟을 경우에 대비해서 가능하면 튼튼하고 구두창이 두꺼운 신발을 신는다.

7 위험을 체크하기.

* 즉시 당신 집과 이웃집의 불을 꺼라.

* 가스 누출: 가스관이 부러졌거나 냄새가 나서 가스가 샌다는 의심이 들 때만 메인 밸브를 잠근다. 가스가 새는 것이 아님을 확인할 때까지 성냥, 라이터, 스토브나 바베큐, 전기제품을 사용하지 마라. 스파크가 일어나고 누출된 가스에 점화되어 폭발과 화재가 일어날 수 있다. 만약 가스를 껐으면 다시 켜지 말고 가스회사가 점검하도록 한다.

* 파손된 전선: 집안의 전선에 어떤 위험이 있으면 배전반에서 전기를 차단하라.

* 떨어진 전선이나 파괴된 수도관, 가스관, 전선을 만지지 말고 전선과 접촉된 물건도 건드리지 마라.

* 엎질러진 약품: 약품이나 마약 혹은 표백제, 가성알칼리 용액 등 해로운 물질이 쏟아진 것을 치운다.

* 무너지거나 넘어진 굴뚝: 조심해서 접근해야 하며 부서진 굴뚝은 사용하지 마라. 화재가 날 수도 있고 집안으로 독가스가 들어올 수도 있다.

* 떨어진 물건들: 장롱과 찬장을 열 때 선반에서 굴러떨어지는 물건들을 조심하라.

8 식량과 물 공급을 체크하라.

유리가 산산조각난 근처에 뚜껑이 열린 그릇에 있던 음식은 먹거나 마시지 말아야 한다. 만약 전력이 끊겼으면 냉장 식품과 곧 상하게 될 식품을 먼저 소비할 계획을 세운다. 냉동실에 있는 음식은 적어도 이삼일은 괜찮을 것이다. 수돗물이 끊겼으면 가정용 온수기에 있는 물과 얼음을 녹인 물을 마시고 야채 통조림 등으로 대신한다. 수영장의 물과 온천물은 마시지 마라.

9 여진에 대한 준비를 하라.

크든 작든 지진이 잇따라 일어날 것이다.

알아두기

* 비상 연락을 위해 필요한 선을 연결하고 의료진이나 화재 비상 연락에 전화를 사용하라. 만약 전화가 불통이면 도움을 청하기 위해 사람을 보낸다.

* 소방관, 경찰, 의료종사자들이 즉시 올 것으로 기대하지 마라. 그들은 올 수 없을지도 모른다.

지진에 대한 준비

지진을 대비해 평소에 준비해 두는 것이 살아남기 위한 최선의 방법이다. 가족 구성원 모두가 지진이 일어났을 때 그들이 어디에 있든 해야 할 일들을 알고 있도록 하자.

* 지진이 일어난 후에 가족들이 다시 만날 수 있는 장소를 정해둔다.

* 자녀들의 학교나 탁아소에서 개발된 지진 대비책을 확인해 둔다.

* 교통수단이 두절될 수도 있으므로 비상시의 필수품, 예를 들어 식량, 음료, 작업시에 편안한 신발 등을 준비한다.

* 집안으로 들어오는 가스 전기 수돗물의 메인 밸브가 있는 장소를 알아두고, 가스가 새거나 전력이 끊어질 경우 잠그는 방법을 알아둔다. 가족 중의 연장자도 알 수 있도록 쉽게 설명한다.

* 가장 가까운 소방서와 경찰서와 응급 의료 기관의 소재를 파악해 둔다.

* 지진이 일어나는 동안과 지진 후에 이웃과 서로 도울 수 있는 것에 대해 이야기한다.

* 적십자의 응급치료법과 심폐기능 소생법 훈련 과정을 수강한다.

바다에서 표류하게 되었을 때

1 구명 보트로 옮기기 전에 가능하면 오랫동안 당신이 탔던 배에 머물러 있어라.

바다에서 조난을 당하면 살아나는 방법은 구명 보트에 타는 것이라고 일반적으로 알고 있다. 바다에서 살아남을 가장 큰 가능성은 구명 보트 위가 아니라 고장난 것이지만 침몰할 위험이 없다면 큰배를 타고 있는 것이다. 만약 배가 가라앉고 있으면 구명 보트을 사용해야 할 것이다. 공해상을 항해하는 4.3미터 이상의 선박은 어떤 배든지 구명 보트를 가지고 있어야 한다. 더 작은 배에는 구명 재킷이 있고 이런 배들은 육지까지 쉽게 헤엄쳐 갈 수 있는 거리 안에 있어야 한다.

2 가지고 갈 수 있는 필수품은 무엇이든 가지고 보트에 타라.

가장 중요한 것은 물병이 있으면 가지고 타는 것이다. 바닷물을 마시면 안 된다. 바다에서 조난 당했을 때 먹을 것이 없이는 며칠 동안 생존할 수 있으나 깨끗한 물이 없는 경우는 며칠 안에 죽는다. 최악의 경우에는 물병을 배 밖으로 던져라. 나중에 건질 수도 있다. 통조림 식품, 특히 야채 통조림은 물로 꽉 채워져 있다. 그러므로 가능하면 많이 가지고 가라. 물은 필요한 만큼 마신다. 그러나 필요 이상은 마시지 마라. 활동을 제한하면 하루 2리터면 충분할 것이다.

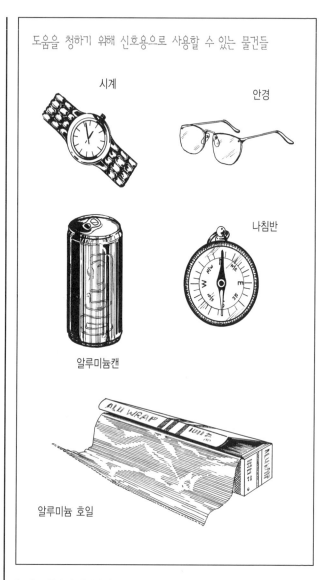

도움을 청하기 위해 신호용으로 사용할 수 있는 물건들

시계

안경

알루미늄캔

나침반

알루미늄 호일

3 바닷물이 차거나 추운 환경에 있으면 몸을 따뜻하게 한다.

무엇보다도 햇빛과 비바람에 노출되거나 저체온 때문에 사망할 가능성이 있다. 마른 옷을 입고 물과 가까이 하지 않는다. 짠 바닷물에 장기간 노출되는 것은 피부를 손상시키고 감염되기 쉬운 상처를 만들 수도 있다. 가리개를 하고 있어라. 현대적인 구명 보트에는 차양이 있어서 승객들이 태양과 바람과 비를 맞지 않는다. 만약 차양이 없어졌거나 망가졌으면 모자를 쓰고 긴소매 상의와 긴 바지를 입어서 햇볕으로부터 몸을 보호한다.

4 가능하면 식량을 찾아라.

구명 보트는 구명대(救命袋) 안에 낚시 바늘을 가지고 있다. 보트를 타고 여러 주일 동안 표류하면 해초가 보트 밑에 달라붙고 자연히 고기가 모여들 것이다. 낚시 바늘로 물고기를 잡아서 날로 먹을 수 있다. 만약 낚시 바늘이 없으면 철사줄이나 빈 깡통으로 알루미늄 조각을 잘라서 만들 수도 있다.

5 자신이 있는 곳을 알면 육지를 향해 가도록 노력하라.

대부분의 보트에는 작은 노가 달려 있다. 그러나 바람이 3노트 이상 불면 구명 보트는 이동하기가 매우 어렵다. 자신의 힘을 소모시키지 마라. 굉장한 힘을 들이지 않으면 조금도 이동할 수가 없을 것이다.

근처에서 비행기나 배가 지나가는 것을 보면 신호를 보낸다.

그들의 주의를 끌기 위해 VHF(초단파)무전기나 손에 잡을 수 있는 신호탄을 사용한다. 작은 거울도 신호를 보내는데 사용될 수 있다.

준비하기

준비 없이 배를 타고 나가지 마라. 대부분의 선박들은 EPiRB라는 비상 신호 장치를 가지고 있다. 이것은 406MHz와 125MHz의 두 형태로 세계적인 해양조난신호를 보낸다. 두 가지 모두 당신이 탄 배의 선적과 소재지를 알릴 수 있지만 406MHz은 다른 배들, 지나가는 항공기, 그리고 위성에 신호를 보내는 반면 125MHz는 오직 배와 비행기에만 신호를 보낸다. 이런 장치가 없는 사람들은 발견될 때까지 여러 달 동안 표류할 수 있다.

항상 다음 물건들을 준비해 두자.

＊ 따뜻하고 마른 옷과 담요 ＊ 모자 ＊ 식량(통조림 식품, 도보 여행에 필요한 식량, 말린 과일) ＊ 포켓용 VHF무전기 ＊ 소형 GPS(전세계 위치추적위성) 추적장치 ＊ 휴대용 물병에 담긴 식수 ＊ 나침반 ＊ 여분의 배터리를 가진 회중전등 ＊ 포켓용 조명 신호탄

사막에서 길을 잃으면

1 공포에 사로잡히지 마라. 당신이 어디를 가는지 언제 돌아올 것인지 다른 사람들이 알고 있다면 허둥댈 필요가 없다. 자동차를 가지고 있으면 돌아다니지 말고 차와 함께 그 자리에서 기다려라.

2 도보로 여행중이면 당신이 온 길을 되돌아보고 왔던 길로 되돌아가기를 시도하라. 항상 아래쪽 지형으로 이동하라. 수로나 골짜기를 피하고 등성이를 따라 이동하라.

3 만약 방향 감각을 완전히 잃었으면 높은 곳에 올라가서 주위를 둘러보라. 당신이 지나온 자취를 따라 되돌아갈 수 있다는 절대적인 확신이 없으면 그 자리에서 움직이지 마라.

4 대낮에는 연기가 솟아오르게 불을 피우고(타이어를 태우는 것이 좋다) 밤에는 불길이 활활 타오르게 불을 피운다. 연료가 넉넉하지 않으면 작은 불을 피우면서 사람이나 차를 발견했을 때 신호를 보낼 준비를 해둔다.

5 자동차나 비행기가 지나가거나 멀리서 지나가는 사람을 발견하면 그들에게 신호를 보내라.

빈터에 나가 신문지나 알루미늄 호일을 돌로 눌러 커다란 삼각형을 만든다. 이것은 국제적인 조난 신호이다.

* 크게 I자를 만들면 누군가 부상했다는 것을 구조대에게 알리는 것이다.

* X는 당신이 계속 전진할 수 없음을 의미한다.

* F는 식량과 물이 필요하다는 것을 가리킨다.

* 총을 3번 발사하는 것도 조난 신호로 인정된 것이다.

6 더위 때문에 쇠약해지지 않기 위해 자주 휴식을 취한다.
미국의 사막에는 낮 동안 온도가 48℃까지 올라가기도 하는데 그늘을 찾기는 어렵다. 여름에는 땅에서 적어도 30센티미터 높이의 걸상이나 나뭇 가지에 앉아라. 지상의 온도는 주변 공기의 온도보다 훨씬 더 뜨겁다.

대낮에 걸어야 할 때

* 천천히 걷고 매시간 적어도 10분간 휴식한다.

* 물을 지나치게 제한하지 말고 마신다.

* 이야기하거나 담배 피우는 것을 삼가라.

* 입으로 숨쉬지 말고 코로 숨을 쉬어라.

* 알콜은 수분을 없애기 때문에 피한다.

* 충분한 양의 물이 준비되지 않았으면 먹는 것을 피한다. 소화시키는데는 물이 필요하다.

* 그늘에서 쉴 때도 모자와 선글라스를 쓰고 옷을 입고 있어라. 옷을 입고 있으면 수분의 증발이 늦어지고 시원해지는 효과도 늦추지만 땀이 나는 것도 조절한다.

＊ 저녁이나 밤 또는 이른 아침에 이동한다.

＊ 추운 날씨에는 여러겹 옷을 입고 젖지 않도록 하라.

＊ 저체온을 조심하라. 일반적으로 체온이 내려가면 심하게 떨리고 근육이 긴장되며 피로하고 몸의 기능이 둔화되고 비틀거리며 입술과 손톱이 푸른색을 띤다. 이런 증상이 보이면 즉시 마른 옷을 입고 가능하면 불을 피우거나 동료들이 바짝 붙어서 따뜻하게 하라.

7 물을 찾는다. 물이 있을 만한 장소는 다음과 같다.

＊ 바위절벽 밑에서 물을 찾는다.

＊ 특히 최근 비가 온 후 산골짜기로부터 휩쓸려 내려온 자갈을 들어본다.

＊ 물이 말라버린 강바닥 굴곡부의 바깥쪽 가장 낮은 자리에 물이 스며든다. 젖은 모래를 찾아 90-180센티미터 깊이로 판다.

＊ 푸른 식물 근처에 물이 있다. 미루나무, 플라타나스, 혹은 버드나무와 같은 관목들이 자라는 곳에 물이 있다.

＊ 동물들이 다니는 길과 새떼가 나는 모습을 관찰하고 그들을 따라가면 물을 찾을 수 있다.

8 선인장 열매와 꽃을 찾는다.

선인장 줄기의 밑둥을 잘라 쪼개서 그 심을 삼키지 말고 씹는다. 목마름을 견디기 쉽게 선인장 심을 가지고 다니되 다른 사막 식물들은 먹지 않는다.

물을 발견할 수 있는 곳

바위절벽 밑

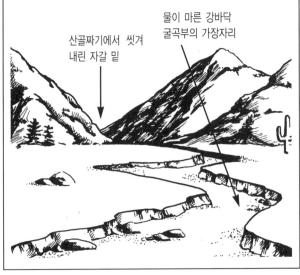

물이 마른 강바닥
굴곡부의 가장자리

산골짜기에서 씻겨
내린 자갈 밑

플라타너스나 다른 관목과 같
은 푸른 식물이 자라는 곳

선인장 열매와 꽃은 먹을
수 있다. 밑둥을 쪼개서
그 심을 씹는다.

준비하기

사람이 거의 살지 않는 사막 지대를 여행하려면 항상 당신의 목적지와 여행기간 그리고 지나가려는 루트를 다른 사람에게 알려야 한다. 누군가에게 여행 일정을 알리지 않고 출발하는 것은 길을 잃었을 때 아무도 당신을 찾지 않는다는 것을 의미한다.

만약 차를 타고 하는 여행이라면 당신의 자동차를 잘 점검하고 다음을 확인한다.

* 상태가 좋은 배터리
* 단단한 호스
* 알맞게 바람을 넣은 스페어 타이어
* 스페어 팬 벨트
* 연장
* 예비 가솔린과 오일
* 물(자동차 한 대당 19리터)

안전하게 운전하는 법

하늘을 잘 응시하라. 소나기구름이 보이면 당신이 있는 곳에 비가 내리지 않더라도 순간적인 홍수가 날 수 있다. 만약 모래 폭풍을 만나면 즉시 도로에서 벗어나라. 라이트를 끄고 비상 점멸등을 켜라. 모래 입자가 자동차 유리 표면을 부식시키지 않도록 자동차를 바람 부는 쪽으로 후진하라. 사막을 달리기 전에 차 밑부분을 점검하라. 1분의 점검이 오일 팬에 구멍이 생기는 것을 방지하고 고생스런 시간을 줄일 수 있다.

만약 자동차가 고장나면 근처에서 기다려라. 비상시 필요한 것은 모두 거기 있다. "도움이 필요함"을 나타내는 표시로 후드와 트렁크 뚜껑을 올려라. 자동차는 몇 마일 떨어진 곳에서도 보일 수 있으나 사람이 발견되기는 매우 어렵다.

＊ 도움을 받을 수 있는 길을 찾을 수 있다는 확신이 있을 때만 고장난 차를 떠난다.

＊ 길을 잃고 자동차도 고장이 났으면 불을 피워 신호한다. 대낮에는 연기가 나게 불을 피우고 밤에는 밝게 불을 피운다. 삼각형으로 불을 피우는 것은 "도움이 필요함"이라는 뜻을 나타낸다.

＊ 만약 길을 찾으면 길 위에서 기다려라.

도보로 여행할 때의 준비

＊ 물 (하루에 4리터 정도가 적당하지만 7리터나 그 이상이 있으면 더 안전하다.)

＊ 사람이 거주하는 가장 가까운 지역을 나타내는 지도

＊ 방수 성냥

＊ 담배 라이터나 부싯돌과 강철

＊ 생존 안내서

＊ 강력한 자외선 방지 크림, 모자, 따뜻한 옷, 담요

＊ 주머니 칼

＊ 신호용 금속 거울

* 요드 정제
* 필기도구
* 호루라기 (세 번 부는 것은 "도움이 필요함" 뜻한다.)
* 휴대용 물통과 컵
* 알루미늄 호일
* 나침반
* 구급상자

길을 잃지 않는 법

* 하이킹을 떠나면 자신이 온 방향을 주기적으로 돌아
다본다. 돌아갈 때 어떻게 보일 것이라는 그림을 마음속
에 그려두면 길을 잃었을 때 도움이 된다.
* 가능하면 사람이 다닌 길을 벗어나지 말고 나무껍질
에 길 안내 표시를 하거나 돌을 세 개 쌓아놓아 길을 표
시한다.

낙하산이 펴지지 않으면

1 당신의 낙하산이 제대로 작동하지 않는다는 사실을 깨닫는 순간 아직 낙하산을 펴지 않고 점프하는 동료에게 당신 것이 정상적으로 움직이지 않는다는 신호를 보내라.
두 팔을 흔들고 당신의 낙하산을 가리켜라.

2 당신의 동료이자 이제 생명의 은인이 될 친구가 당신에게 이르면 팔짱을 껴라.

3 일단 둘이 팔짱을 끼면 두 사람은 약 시속 210킬로미터의 속력으로 떨어질 것이다.
당신의 친구가 낙하산을 펼치면 두 사람 중 누구도 서로를 붙잡고 있을 수가 없을 것이다. 중력 때문에 당신의 몸무게가 세 배나 네 배로 무거워지기 때문이다. 이 문제를 대비하기 위해 당신은 두 팔을 그의 가슴에 있는 낙하산의 가죽 멜빵 안으로 깊숙이 넣어 팔꿈치에 끈이 걸리게 한 다음 다시 당신의 가죽 멜빵을 잡아라.

4 낙하산을 펴라.
낙하산이 펼쳐지는 충격은 팔을 부러뜨리거나 탈구가 될 정도로 심할 것이다.

당신 동료의 팔짱을 껴라. 그 다음 당신의 두 팔을 그의 가슴에 있는 낙하산 멜빵 안으로 넣어 팔꿈치 안에 멜빵이 오게 한 다음 자신의 것을 단단히 잡아라.

5 캐노피(낙하산의 산체)를 조정하라.

당신 친구는 낙하산의 방향과 속도를 조정하는 캐노피를 조정하는 한편 다른 팔로 당신을 붙잡아야 한다.

만약 친구의 캐노피가 크고 천천히 내려온다면 당신은 잔디나 흙바닥에 떨어지면서 다리 하나만 부러뜨리고 살아날 가능성이 높다.

그러나 그의 캐노피가 빠르면 친구는 너무 빨리 땅에 떨어지지 않도록 조정해야 하고 당신은 무슨 수를 써서라도 전선과 다른 장애물을 피해야 한다.

6 만약 근처에 물이 있으면 그곳으로 향하라.

물론 당신이 물에 떨어지면 두 다리로 걸어야 할 것이고 당신의 낙하산이 물에 잠기기 전에 친구가 당신을 끌어 올리기를 희망해야 할 것이다.

대처하는 법

점프하기 전에 낙하산을 점검하라. 좋은 소식은 요즘 새로 나온 낙하산은 접을 때 잘못 접어도 저절로 펼쳐지게 만들어진다는 사실이다. 그러나 예비 낙하산은 자격증을 가진 담당자가 접어야만 하며 당신의 마지막 수단인 만큼 완벽해야 한다. 다음을 확인하자.

* 낙하산은 비틀린 곳이 없이 직선으로 접어야 한다.
* 슬라이더는 낙하산이 너무 빨리 열리지 않도록 정확한 위치에 있어야 한다.

눈사태에서 살아나려면

1 눈 위에 머물기 위해 힘껏 자유형으로 헤엄치듯이 몸을 움직여라.

2 눈에 묻힐 때 누군가 당신이 파묻히는 것을 목격했다면 살아날 가능성이 크다.

산사태가 난 눈은 가볍거나 가루가 아니고 젖은 눈뭉치와 같다. 일단 묻힌 다음에는 파헤치고 나오기가 매우 어렵다.

3 다만 부분적으로 묻혔다면 두 팔을 움직이거나 다리로 눈을 차서 나갈 길을 찾을 수도 있다.

스키 폴을 아직 가지고 있으면 바깥 공기를 느끼거나 볼 수 있을 때까지 여기저기 눈을 찔러 보고 바깥을 향해 파라.

4 완전히 묻혔다면 당신은 부상이 너무 심해서 몸을 마음대로 움직일 수 없을지도 모른다.

그러나 움직일 수 있으면 주위에 작은 구멍을 파고 침을 뱉어 보라. 침은 아래로 떨어지기 때문에 어느 방향이 위쪽인지를 알려준다. 위를 향해서 빠르게 파라.

알아두기

눈 위에 머물기 위해 있는 힘을 다해 자유형으로 헤엄치듯이 몸을 움직여라.

＊ 눈사태가 나는 곳에 스키, 하이킹을 혼자 가지 마라.

＊ 눈사태용 탐침을 가지고 가라. 튼튼한 알루미늄 막대기인 탐침은 조립식이라 연결해서 맞추면 길이가 1.8-2.5미터 정도 된다. 어떤 스키 폴은 눈사태용 탐침을 만들기 위해 연결해서 나사로 죌 수 있는 것도 있다.

＊ 눈사태가 언제 어디서 일어났는지를 알아둔다.

＊ 눈사태는 새로 눈이 온 지역에서 일어난다. 그리고 바람이 불어 가는 쪽과 화창한 날 오후에 일어나는데 아침에 비친 햇볕이 설괴빙원(여름에 조금씩 녹는 얼음으로 굳어진 고지대)을 약하게 만들어서 일어날 수도 있다. 눈사태는 대개 산의 경사가 30° 내지 45° 각도의 경사면에

서 자주 일어나는데 이것은 스키하기에 가장 적당한 슬로프이다.

＊ 눈사태는 최근에 온 눈, 바람, 햇빛 등을 포함해서 수많은 요인들에 의해 일어난다. 새로 내린 눈은 폭풍이 이어지면서 계속 쌓이고, 쌓인 층은 굳기가 다르고 서로 밀착되지 않아 불안정하게 된다.

＊ 큰 소음은 지상과 눈에 심각한 진동을 일으키는 정도가 아니라면 눈사태의 원인이 되지 않는다.

＊ 눈사태를 일으키는 가장 위험한 활동은 스노모빌이다. 산 썰매라고도 불리는 스노모빌은 힘이 좋고 가벼워 눈사태가 일어나는 높은 산악지대까지 갈 수 있다.

＊ 전파탐지장치를 가지고 다닌다. 이 장치는 당신의 위치를 당신 그룹의 다른 전파탐지장치에 알려서 당신을 발견할 수 있게 한다. 만약 위험한 슬로프에서 스키를 하려면 한꺼번에 내려가지 말고 눈사태가 일어날 경우를 대비해서 한 번에 한 사람씩 내려간다.

다른 사람을 구조하는 법

만약 다른 사람이 눈사태에 묻히는 것을 목격했으면 즉시 스키 순찰대에 연락하라. 그리고 우선 나무와 벤치(단구를 구성하는 선반 모양의 평탄면)를 중심으로 수색을 시작한다. 이곳은 사람들이 일반적으로 묻히기 쉬운 곳이다. 모든 수색원들은 매몰된 사람을 발견하면 즉시 파내서 도울 수 있도록 작은 조립식 삽을 가지고 있다.

총에 맞을 위기라면

당신이 목표인 경우

1 가능하면 멀리 도망쳐라.
훈련받지 못한 사수는 18미터 이상의 거리에서는 명중시키지 못할 수도 있다.

2 빨리 뛰어라. 직선으로 달리지 말고 지그재그로 움직여서 사수가 당신을 겨냥하기 어렵게 만들라.
보통 사람이면 실제 거리에서 움직이는 목표물을 맞추는 훈련을 받지 못했을 수도 있다.

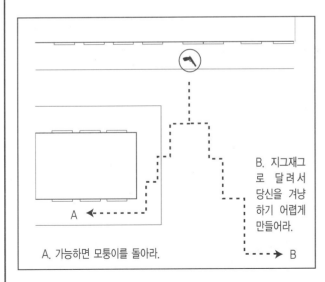

B. 지그재그로 달려서 당신을 겨냥하기 어렵게 만들어라.

A. 가능하면 모퉁이를 돌아라.

3 총이 발사된 횟수를 세려고 애쓰지 마라.

당신은 사수가 탄약을 더 가지고 있는지 알 수 없다. 횟수를 세는 것은 영화에서나 있는 일이다.

4 특히 추격자가 라이플 총이나 공격용 무기를 가지고 있으면 빨리 모퉁이를 돌아라.

라이플 총은 훨씬 정확도가 높고 명중시킬 수 있는 범위가 넓기 때문에 당신이 있는 방향에 총탄을 퍼부을 수도 있다.

당신이 일차적인 목표가 아닌 경우

1 엎드려라.

만약 그가 노리는 목표가 당신 주위에 있거나 마구잡이로 쏘아대면 될 수 있는 대로 몸을 낮춰라. 웅크리지 말고 그 자리에 배를 깔고 납작하게 엎드려라.

2 당신이 바깥에 있고 자동차가 가까이 있으면 자동차로 달려가서 사수가 보이지 않는 편의 타이어 뒤에 엎드린다.

만약 자동차가 없으면 보도의 연석 옆 도랑에 엎드려라. 자동차가 멈출 수도 있고 당신을 향해 발사된 소구경 탄환이 빗나갈 수도 있다. 그러나 공격용 라이플이나 갑옷을 뚫을 수 있게 제작된 큰 구경의 총탄은 쉽게 자동차를 관통해서 반대편에 있는 사람을 명중시킬 수 있다.

3 당신과 사수가 같은 건물 안에 있으면 다른 방으로 들어가 납작하게 엎드려라.

다른 방으로 갈 수 없으면 엄폐물이 될만한 튼튼한 책상, 파일 캐비닛, 테이블, 소파 등 무겁고 두꺼운 물건 뒤로 몸을 숨겨라.

4 만약 그와 정면으로 마주 볼 경우에는 표적을 벗어날 수 있는 일이라면 무엇이든 하라.

옆으로 굴러 몸을 낮춰라. 몇 미터 위로 총탄이 빗나갈 수도 있다. 사수가 밖에 있으면 안에 머물되 도어와 창문에서 멀리 떨어진다.

5 사격이 멈추고 경찰이 도착한 후 모든 것이 정리될 때까지 엎드려 있어라.

저격수와 당신 사이에 큰 엄폐물을 두도록 하라.

산에서 길을 잃었을 때

산에서 길을 잃었을 때 사망하는 가장 중요한 원인 중 하나는 저체온이다. 인간은 기본적으로 따뜻한 지방에서 살게 되어 있는 동물이다. 어둠과 고독과 미지의 세계에서 침착할 수 있다면 당신이 살아날 가능성은 크게 높아질 것이다. 산악 조난에서 생존에 성공하는 요인의 80퍼센트는 공포에 대한 반응이고, 10퍼센트는 생존도구, 나머지 10퍼센트는 그것을 사용하는 방법을 아느냐에 달려 있다. 당신이 가는 장소와 돌아올 시간을 항상 다른 사람에게 말해 두어야 한다.

1 공포심을 갖지 않도록 한다.

누군가에게 당신이 가려는 장소를 말했다면 구조팀이 당신을 수색하기 시작할 것이다. 일반적으로 성인은 낮 동안에만 수색하지만 어린이가 혼자 조난 당한 경우에는 24시간 내내 수색한다.

2 대피소를 찾아서 몸을 따뜻하고 마른 상태로 유지하라.

대피할 곳을 만든다고 무거운 통나무를 끌어당기는 것처럼 불필요하게 힘을 소모하면 땀이 나고 한기를 느끼게 될 것이다. 쉴 곳을 만들려고 하기 전에 주위에 있는 것을 이용하라. 만약 눈 덮인 지역에 있다면 눈을 깊이 파서 동굴을 만들어 바람을 피할 수 있을 것이다. 눈 속

눈 덮인 지역에서는 눈 속에 굴을 파거나 참호를 만들어 추위를 피한다. 죽은 나뭇가지나 잎을 덮는다.

에 참호를 파는 것은 힘이 덜 드는 좋은 생각이다. 아무것이나 사용해서 참호를 파고 그 안에 들어가 나뭇가지나 잎으로 덮어라. 대피소는 가능하면 산중턱에 만들어야 한다. 골짜기를 벗어나라. 계곡은 찬 공기가 내리고 산에서 가장 추운 곳일 수도 있다.

3 구조대에게 도움을 청하는 신호를 보내라.

낮 동안에 신호를 보내는 장치를 이용하거나 삼각형으로 불을 피워 신호를 보낸다. 가능하면 높은 지점에서 신호를 보내라. 구조대가 당신을 발견하기 쉽고 소리를 질러도 멀리까지 들릴 수 있다. 세 군데에 불을 피워 연기가 나게 하고 입체 효과를 가진 담요를 가지고 있으면 황금색 나는 면을 위쪽으로 땅 위에 펴라.

4 멀리 돌아다니지 마라.

수색팀은 당신이 간 길을 추적할 것이기 때문에 다른 방향으로 길을 벗어나면 당신을 발견하기 어려울 것이다. 수색대원들은 운전자가 멀리 방황하여 찾기가 어려우면 아무도 없는 차량을 발견하는 것으로 흔히 마무리지을 때가 있다.

5 만약 동상에 걸렸으면 위험에서 벗어날 때까지 동상 걸린 부분을 녹이지 마라.

동상 걸린 발로 걸을 수는 있지만 일단 그 부분을 따뜻하게 하면 너무 아프기 때문에 당신은 더 이상 걷고 싶지 않을 것이다. 구조될 때까지 동상 걸린 부분을 잘 보호하고 마른 상태로 유지하라.

준비하기

야생환경에 들어가기 전에 알맞은 옷을 준비해야 한다. 다음과 같이 옷을 겹쳐 있도록 한다.

첫번째 층(속옷): 긴 내의는 되도록 폴리프로필렌으로 만든 것이 좋다. 차단 효과는 적지만 피부에서 습기를 흡수하는 중요한 기능이 있다.

두번째 층(중간): 오리털 파카처럼 따뜻한 "공기층"을 가두게 만드는 옷이다.

세번째 층(바깥): 고어 텍스나 그밖에 다른 브랜드라도 습기를 내보내고 받아들이지는 않는 숨쉬는 재킷을 준비한다. 마른 옷은 생존에 중요한 몫을 차지한다. 일단 옷이 젖으면 말리기가 매우 어렵다.

서바이벌 상자에 다음 물건을 반드시 포함시키고 그 사용법을 알아둔다. 어두운 산 속에서 지시사항을 처음 읽는 것은 바람직하지 못하다.

열 공급원 : 라이터는 물론 방수 성냥을 몇 갑 가지고 간다. 육군에서 사용하는 작고 가벼운 화학 제품인 트리옥세인이 권할 만하다. 이것은 야외용품과 군용 물건을 파는 가게에서 입수할 수 있다. 린트천은 가연성이 높고 무게가 매우 가볍다.

대피소 : 박(箔)처럼 코팅된 작은 스페이스 담요를 가지고 가라. 보온을 위해 한 면은 은색을, 신호를 보내는데 사용될 수 있도록 다른 면은 오렌지-금빛의 칼라를 고른다. 은색 면은 신호를 보내기에 적당한 색깔이 아니다. 얼음이나 광물질의 바위로 보일 수도 있다. 그러나 오렌지-금빛 색은 자연에서 볼 수 있는 색이 아니기 때문에 다른 물질로 착각할 수는 없을 것이다.

신호를 보내는 장치 : 작은 거울, 너울거리는 불길, 목소리보다 훨씬 더 멀리까지 들릴 수 있는 호루라기 등으로 신호를 보낼 수 있다.

식량 : 바젤 빵, 트레일 믹스, 귀리빵 등과 같은 탄수화물 음식을 준비한다. 단백질을 분해하려면 열이 필요하고 소화시키는데도 물이 더 필요하다.

성냥 없이 불을 피워야 할 때

필요한 물건

＊ 칼

＊ 불쏘시개: 작은 것에서부터 큰 것까지 여러 조각들.

＊ 불을 피울 나무: 땅에서 줍기보다는 나무에 달린 죽은 나뭇가지를 고른다. 좋은 나무는 쉽게 부러지는 나무가 아니라 손톱으로 눌러 보면 쑥 들어가는 나무다.

＊ 활: 길이 60센티미터 정도의 구부러진 나무 막대기

＊ 끈: 구두끈이나 낙하산 줄, 가죽 끈, 유카, 박주가리과의 식물, 혹은 질기고 섬유질이 많은 식물로 원시적인 밧줄을 만들 수 있다.

＊ 소켓: 동물의 뿔이나 뼈, 단단한 나무 조각, 돌 혹은 조개껍질 등 손바닥에 맞는 것으로 막대기 위에 놓을 것이다.

＊ 윤활유: 귀지, 스킨 오일, 잔디 뭉친 것, 입술 연고, 그 밖에 무엇이든 기름기가 있는 것.

＊ 축으로 사용할 막대기: 직경 2-2.5센티미터에 길이가 30-45센티미터 정도인 마르고 곧은 막대기를 마련해서 한쪽 끝은 둥글게, 다른쪽 끝은 뾰족하게 깎는다.

＊ 나무 판자: 대강 두께 2-3센티미터, 넓이 5-8센티미터, 길이 25-30센티미터의 나무 판자를 준비한다. 판자의 중앙에 끝에서 약 1.5센티미터쯤 안쪽으로 약간

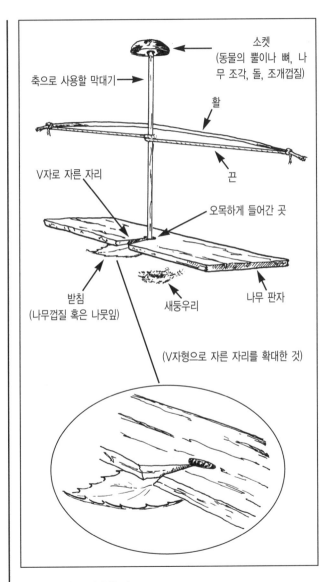

소켓
(동물의 뿔이나 뼈, 나무 조각, 돌, 조개껍질)

축으로 사용할 막대기

활

끈

V자로 자른 자리

오목하게 들어간 곳

받침
(나무껍질 혹은 나뭇잎)

새둥우리

나무 판자

(V자형으로 자른 자리를 확대한 것)

오목하게 깎아 낸다. 그리고 이 오목하게 들어간 곳을
향해 V자 모양으로 자른다.

＊ 받침: 불씨를 잡기 위해 나무껍질 조각이나 나뭇잎을
V자 밑에 끼워 넣는다.

＊ 둥우리: 마른 나무 껍질, 풀, 나뭇잎, 부들의 솜털, 다
른 불붙기 쉬운 재료들로 새의 둥지 모양을 만든다.

불을 피우는 법

1 끈을 막대기의 양끝에 꽉 묶어 활 모양을 만든다

2 오른쪽 무릎을 꿇고 왼발을 나무 판자 위에 대고 앞발로 판
자를 단단히 누른다.

3 두 손으로 활을 잡아라.

4 활의 중앙에 끈으로 고리 모양을 만든다.

5 막대기의 뾰족한 끝이 위로 가게끔 고리에 축을 끼운다.
활 끈이 느슨하면 막대기의 축에 고리를 몇 번 더 감아 팽팽
하게 만든다.

6 왼손으로 소켓을 잡고 V자형으로 벤 자리에 기름을 쳐 매
끄럽게 한다.

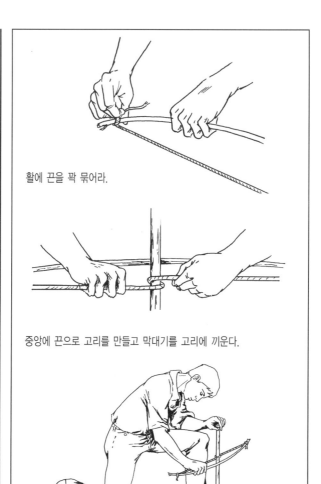

활에 끈을 꽉 묶어라.

중앙에 끈으로 고리를 만들고 막대기를 고리에 끼운다.

소켓을 가볍게 누르고 축을 회전시키면서 활을 앞뒤로 잡아당긴다. 소
켓에 압력을 가하고 활 돌리는 행동에 속도를 높여 불씨를 일으킨다.

7 막대기의 둥근 끝을 나무판의 오목한 곳에 대고 뾰족한 끝은 위로 향하게 한다.

8 소켓을 가볍게 누르고 축을 천천히 회전시키면서 활을 앞뒤로 잡아당긴다.

9 소켓에 힘을 가하면서 활을 당기는 속도를 높여 연기가 나고 숯가루가 생길 때까지 돌린다.
연기가 많이 날 때 불씨가 생긴다.

10 활을 앞뒤로 잡아당기는 동작을 즉시 멈추고 막대기를 판자에 대고 가볍게 쳐서 불씨가 받침으로 튀게 한다.

11 받침을 치우면서 불씨를 "둥우리"안으로 옮겨라.

12 둥우리를 꼭 잡고 계속 입김을 불어넣으면 불이 붙는다.

13 둥우리에 불쏘시개를 더 넣어 불쏘시개에 불이 붙으면 점점 더 큰 토막을 집어넣는다.

알아두기
야생 환경에서 생명을 유지하기 위해 원시적으로 불을 피우는 방법에 의지해서는 안 된다. 이것은 실제로 비와 눈이 오거나 추위가 심한 악조건에서는 매우 어렵다.

벼락을 맞지 않으려면

미국에서 벼락은 해마다 홍수를 제외하고 폭풍과 관계된 현상 중 가장 많은 사상자를 내는 원인이다. 완전하게 벼락을 피할 수 있는 안전한 장소는 없다. 그러나 더 위험한 장소는 있을 수 있다.

1 큰 천둥소리가 자주 들리는 것은 번개가 곧 칠 것임을 암시하는 것이다.

당신이 지금 번개 치는 것을 볼 수 있고 천둥소리를 들을 수 있으면 위험한 처지에 있을 수도 있다. 강한 바람과 비와 구름이 잔뜩 낀 것은 실제로 벼락을 치는 활동의 전조일 수도 있다. 심한 뇌우는 일반적으로 서쪽에서 동쪽으로 이동하며 하루 중 늦은 시간이나 습기가 가장 높은 초저녁에 일어난다.

2 번개가 친 후 천둥소리가 들릴 때까지 몇 초가 걸리는지 세어서 그것을 셋으로 나누어라.

폭풍이 당신으로부터 몇 킬로미터나 멀리 있는지 알 수 있을 것이다. (소리는 초속 336미터)

3 만약 번쩍 하는 번개를 보고 우르릉 쾅 하는 천둥소리를 듣는 사이의 시간이 30초가 안되면 즉시 더 안전한 위치를 찾아야 한다.

만약 탁 트인 공터에 있으면 납작하게 엎드리지 마라. 무릎을 꿇고
두 손을 땅에 대고 머리를 숙여라.

나무 밑에 서 있지 마라.

* 높은 장소, 탁 트인 들판, 교목 한계선 위의 산등성이
는 피한다. 만약 넓은 공터에 있다면 납작하게 엎드리지
말고 두 손을 땅에 대며 무릎을 꿇고 머리를 숙여라. 전
문적으로 등산하는 도중이면 바위 위나 금속의 성질을

갖지 않은 장비 위에 앉아라. 로프로 당신의 발목을 묶어라. 벼락이 쳤을 때 당신을 고정시키고 쉽게 균형을 찾을 수 있을 것이다.

* 얕은 저지대는 물론 동떨어져 서 있는 나무, 무방비 상태의 전망대, 비를 피하거나 피크닉에 사용되는 대피소를 피하라.

* 야구장의 더그아웃, 송신탑, 깃대, 가로등, 야구장의 금속과 나무로 만든 외야석, 금속 울타리를 피하라. 캠핑 중이면 공터나 큰 나무 아래의 텐트를 피하라.

* 골프 카트와 콘버터블을 피하라.

* 바다와 호수와 수영장과 강물을 피하라.

4 폭풍이 지나가기를 기다린다.

일반적으로 벼락의 위협은 마지막 천둥소리를 들은 후 시간이 지나면 사라지지만 30분 이상 지속될 수도 있다. 심한 뇌우가 치는 지역에서는 당신이 있는 곳에 비가 오지 않고 햇빛이 비치며 하늘이 맑아도 벼락의 위협이 있을 수 있다.

알아두기

* 큰 건물들은 작은 건물이나 옥외의 구조물보다 훨씬 안전할 수가 있다. 벼락을 맞아 손상될 위험은 벼락에 대비한 피뢰침의 설치, 사용된 건축 재료, 건물의 크기 등에 달려 있다.

＊ 유리창을 올린 자동차, 트럭, 밴, 버스, 농사용 차량 등은 벼락을 피할 수 있는 좋은 피난처다. 차량의 안, 바깥의 금속이나 전도(傳導)하는 면과 접촉을 피하라.

＊ 실내에 있을 때 샤워기, 싱크, 배관 부품, 그리고 철제 도어와 창틀을 포함해서 밖에 노출된 전도성 물건의 표면과 접촉하지 마라.

＊ 전화, 컴퓨터, 텔레비전(특히 케이블 TV)를 포함한 콘센트, 전기코드, 전선 달린 전기 장치를 만지지 마라.

벼락을 맞은 사람을 치료하는 법

1 119에 연락해서 벼락에 대한 보고와 응급조치 요원에게 위치를 알려 준다.

벼락을 맞은 사람은 즉시 응급처치를 받으면 살아날 수 있다. 벼락을 맞은 사람이 여럿이면 "의식을 잃은"사람을 먼저 치료하라. 의식이 없지만 여전히 숨을 쉬는 사람은 아마 저절로 회복될 것이다.

2 당신 자신이 벼락을 피하기 위해 좀더 안전한 장소로 이동하라.

벼락을 맞고 살아난 희생자는 추락하거나 멀리 팽개쳐진 것이 아니라면 골절이 되는 경우는 드물다. 필요하면 희생자를 옮겨라. 벼락을 맞은 사람은 전기를 몸에 지니고 있지 않으며 치료하기 위해 그들을 만져도 안전하다.

3 춥고 축축한 환경이라면 희생자가 저체온이 될 가능성이 있으므로 바닥에 깔개를 깐다. 저체온은 희생자의 회복을 훨씬 어렵게 만들 수 있다.

보석을 단 부분과 시계를 찼던 곳의 화상을 체크하라.

4 만약 희생자가 숨을 쉬지 않으면 입으로 하는 인공호흡을 시작하라.

5초마다 숨을 불어넣는다. 만약 희생자를 이동시키려면 옮기기 전에 몇 번 빠르게 숨을 불어넣는다.

5 희생자의 맥박을 측정하라.

목 옆에 있는 경동맥의 맥박을 체크하거나 대퇴동맥(서혜부)을 적어도 20-30초 동안 체크하라.

6 만약 맥박이 뛰지 않으면 심장 압축법을 시작하라.

7 맥박이 뛰기 시작하면 필요한 호흡법을 계속하라.

8 20-30분 동안 함껏 노력했는데도 맥박이 돌아오지 않으면 인공 호흡을 중지하라.

의사의 진료를 받을 수 없는 멀리 떨어진 곳에서 기본적인 심폐기능 소생술을 연장하는 것은 아무 소용이 없다. 희생자는 처음 몇 분 안에 반응이 없으면 회복하기 어려울 것이다.

스쿠버탱크의 산소가 떨어졌을 때

1   공포심을 갖지 마라.

2   동료 다이버에게 당신의 탱크와 레규레이터(호흡조절기 : 공기 탱크에서 나오는 고압 공기를 다이버 주위의 절대압과 같은 압력으로 만들어 주는 일을 하는 자동 압력 조정기)를 가리키며 문제가 생겼다는 신호를 보내라.

3   누군가 당신을 도와주러 오면 천천히 수면을 향해 헤엄치는 동안 그의 레규레이터를 앞뒤로 패스하면서 함께 사용하라. 두 번 숨을 들이마시고 레규레이터를 다른 다이버에게 패스하고 숨을 내쉬면서 함께 올라가라. 수면에 도착할 때까지 교대로 두 번씩 숨을 들이마신다. 거의 모든 다이버들은 자신들의 탱크에 연결된 예비 레규레이터를 가지고 있다.

4   만약 아무도 당신을 도울 수 없다면 당신의 레규레이터를 입에 대라. 수면으로 올라가면서 탱크에 남아 있던 공기가 팽창해서 좀더 호흡할 수 있게 해 줄지도 모른다.

5   가능하면 일직선으로 올라가도록 곧장 위를 향하라.

6   수면까지 적당히 느린 속도로 헤엄쳐라.

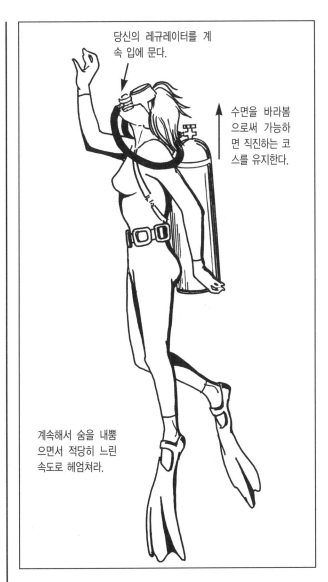

당신의 레규레이터를 계속 입에 문다.

수면을 바라봄으로써 가능하면 직진하는 코스를 유지한다.

계속해서 숨을 내뿜으면서 적당히 느린 속도로 헤엄쳐라.

스쿠버탱크의 산소가 떨어졌을 때

수면에 닿을 때까지 숨을 내쉬는 것이 매우 중요하지만 그 속도 또한 중요하다. 천천히 숨을 내뿜어라. 올라가기 시작하는 처음 몇 초 동안에 공기를 모두 다 써버리지 말아야 한다. 공기를 조금씩 내보내는 한 기도는 열려 있고 폐로부터 공기를 뿜어낼 수 있을 것이다.

경고: 계속해서 숨을 내쉬지 않으면 동맥류의 위험이 있다.

알아두기

＊ 혼자 잠수하지 마라.

＊ 압력계와 측심기를 면밀하게 살펴본다.

＊ 동료 다이버들에게 쉽게 신호를 보내거나 헤엄쳐 갈 수 있는 거리에 있도록 한다.

＊ 비상시에는 레귤레이터를 함께 사용하라. 동료와 연결하여 함께 호흡하는 것이 수면까지 빨리 부상하려는 것보다 훨씬 더 안전하다. 특히 깊은 바다에서는 수면까지 서서히 올라가야 할 필요가 있기 때문에 이것을 지켜야 한다.

＊ 수심 9미터 이상의 깊은 물에 있으면 빨리 수면으로 부상하는 대신 항상 대체 공기를 사용하라.

참고 도서 및 도움을 준 전문가들

서문

멜 디위즈 : 서바이벌 교관. 갖가지 다른 환경에서 군인과 민간인들을 훈련시켰으며 콜로라도 서바이벌 스킬 티피 캠프를 운영한다.

제1장 피하기와 들어가기

표사(漂砂 : 모래수렁)에서 빠져 나오려면

칼 S.크루첼닉키: 호주 시드니 대학 물리학과 줄리어스 섬너 밀러 석좌교수.

〈Flying Lasers〉, 〈Robofish〉, 〈Cities of Slimes〉와 두뇌를 집중하는 과학적인 순간들을 비롯해서 물리학과 자연 현상에 관해 여러 권의 저술이 있다.

도어를 부수고 들어가려면

데이비드 M.로웰: 자물쇠 수리와 교육의 공인된 대가. 미국 자물쇠 수리공 협회의 숙련자 프로그램 매니저.

문이 잠긴 자동차 문을 열려면

빌 하그로브: 펜실바니아 면허를 가진 10년 경험의 자물쇠 수리공.

자동차의 열쇠가 없이 시동을 걸려면

샘 톨러: 공인된 자동차 기계공이며 데몰리션 더비 드라이버. 인터넷 데몰리션 더비 협회 회원. 자동차 수리에 관한 전국적인 라디오 방송 프로그램 〈카토크〉에 매주 출연.

자동차를 빠르게 180° 회전시키려면

비니 민칠로: 인터넷 데몰리션 더비 협회

톰 앤드 페기 시몬스

다른 자동차를 앞에서 밀어내려면

샘 톨러: (위 참조)

톰 앤드 페기 시몬스

물에 빠지는 자동차에서 탈출하려면

뉴햄프셔 소재 미육군
한대지방 연구 공
학 실험실.
『위험! 얇게 언
얼음』: 미네소타
천연 자원부 발행

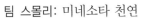

팀 스몰리: 미네소타 천연
자원부의 보트 젓기와 안전에 관한 전문가.

폭풍우로 인해 전선이 떨어졌을 때

래리 홀트: 코네티컷 프로스펙트에 있는 엘콘 엘리베이터 콘트롤 앤드 콘설팅 수석 상담원.

제2장 최선의 방어

독사에게 물린 곳을 치료하려면

존 헨켈: 미국 FDA와 ≪FDA소비자≫잡지의 기고가이며 저술가.
올 줄리히: 메릴랜드주 벨 에어 소재 하포드 파충류 사육센터의 소장.
마이크 월뱅크스: 웹사이트 constrictor.com의 웹마스터

상어의 공격을 피하려면

조지 H. 버제스: 플로리다 대학 플로리다 자연사 박물관의 국제 상어 공격 파일의 소장.

크레이그 페레이라: 케이프타운 소재 백상어 및 백상어의 환경 보존을 연구하는 비영리단체인 남아프리카 백상어 연구소의 위원.

곰의 공격을 피하려면

『야생 곰에 대한 안전 지침』: 캐나다 환경부의 야생생물국 발행

린 로저 박사: 미네소타 야생생물 연구소의 야생생물 연구 생물학자이며 미네소타주 엘리의 북미곰센터 소장.

퓨마의 공격을 피하려면

국립 공원 서비스

텍사스 공원 및 야생생물협회

크리스 칼리오: About.com의 배낭여행 가이드.

메리 테일러 그레이: 콜로라도 야생생물국 발행『콜로라도의 야생생물』의 저자.

악어의 공격을 피하려면

린 커클랜드: 성 어거스틴 악어 농장장.

팀 윌리엄스: 거의 30년 동안 악어를 사육했으며 지금은 악어와 싸우는 사람들을 훈련시키고 강의하는 일을 한다.

살인벌의 공격을 피하려면

텍사스 농업 확대 서비스

돌진하는 황소를 피하려면

콜맨 쿠니: 투우사 학교 교장.

칼싸움에 이기려면

데일 깁슨: 스턴트맨, 할리우드의 배우들과 스턴트맨에게 칼싸움하는 기술을 가르친다. 해병대 광고에서 기사 역할. 〈마스크 오브 조로〉에서 칼싸움하는 묘기를 보였다.

날아오는 펀치를 막으려면

카피 코츠: 미국 공인 권투 코치 및 교관. 『모든 사람을 위한 권투』의 저자.

제3장 믿음으로 점프하기

다리나 절벽에서 강으로 점프하려면
크리스 카소: 스턴트맨, UCLA 체조팀 및 국가 체조팀 멤버. 〈배트맨과 로빈〉, 〈배트맨 포에버〉, 〈잃어버린 세계〉, 〈까마귀〉, 〈시티 오브 엔젤〉을 포함한 수많은 영화에서 고공 낙하하는 묘기를 보여주었다.

높은 빌딩에서 대형 쓰레기 통으로 뛰어내리려면
크리스 카소: 위 참조

달리는 열차 지붕에서 안으로 들어가려면
킴 카하나: 스턴트맨, 스턴트 감독 및 영화 제작자. 〈러쎌 웨폰3〉, 〈패신저 57〉, 〈스모키 앤드 밴디트〉 외에 300편 이상의 영화에 출연했다.

달리는 자동차에서 뛰어내리려면
데일 깁슨: 옆 페이지 참조
크리스 카소: 위 참조

달리는 오토바이에서 자동차로 옮겨 타려면

짐 윈번: 두 편의 유원지 쇼 〈배트맨〉, 〈부치 앤드 선댄스 웨스턴 쇼〉의 감독 및 스턴트 코디네이터.

제4장 응급조치

기관 절개술을 시행하려면

제프 헤이트 박사: 필라델피아 지역 병원 내과학 회장

심장박동을 회복하기 위해 디피브러레이터(세동 제거기)를 사용하려면

제프 헤이트 박사: 위 참조

톰 코스텔로: 휴렛팩커드 지역 매니저

미국 심장 협회

폭탄을 식별하려면

브래디 제릴: 런던 CCS 인터내셔널 소매국, 카운터 스파이 숍의 상품 관리 부회장. 서바이벌 제품과 전법의 전문가로서 10년 동안 뉴욕 경찰청 마약국의 비밀 요원과 감독관으로 근무했다.

택시에서 출산하게 될 경우

짐 니시마인 박사: 캘리포니아주 버클리 소재 알타 베이츠 병원 산부인과 의사. 30년 이상 아기를 받아왔다.

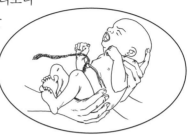

동상을 치료하려면

존 린드너: 콜로라도 마운틴 클럽 덴버 지부 서바이벌 학교 교장. 전력회사와 수색 구조 팀에게 산악에서의 생존 기술을 가르치는 단체인 스노우 오퍼레이션 트레이닝 센터를 운영한다.

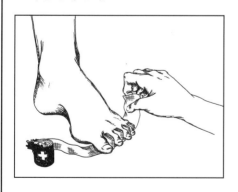

다리 골절을 치료하려면

랜덜 심스 박사

총이나 칼에 의한 상처를 치료하려면

찰스 D. 보틀: BA, RRT, NREMT-P, 준의료 종사자 및 GMS 교육자.

제5장 모험에서 살아남기

비행기를 착륙시키려면

아더 마르크스: 20년 이상 조종사로 근무했으며 비행 훈련과 비행 서비스 법인인 플라이라이트 애비에이션을 소유하고 있다.

믹 월슨: 『비행기를 불시착시키고 살아남는 법』의 저자로 단발과 다발 엔진 항공기의 비행교관 자격증을 가지고 있다.

지진이 났을 때

미국 지질학 서베이 국립 지진 정보 센터

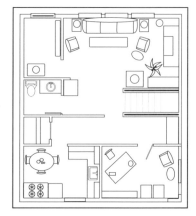

바다에서 표류하게 되었을 때

그레타 샤넨: ≪항해 매거진≫의 편집장이며 경마와 심해에서의 순항에 폭넓은 경험을 가지고 있다.

사막에서 길을 잃으면

애리조나주 4륜구동협회

『사막에서의 생존 안내』: 애리조나 피닉스시 발행

낙하산이 펴지지 않으면

조 제닝스: 스카이다이빙 카메라맨이며 스카이다이빙 조정 전문가. 마운틴 듀, 펩시, MTV스포츠, 코카콜라, ESPN을 포함하는 수많은 텔레비전 코머셜의 스카이다이빙 묘기를 계획하고 조정하고 촬영했다.

눈사태에서 살아나려면

짐 프랑켄필드: 오레곤주 코발리스에 있는 눈사태에 대비한 안전교육과 정보를 제공하는 비영리단체 사이버스페이스 스노우 눈사태 센터 소장. 프랑켄필드는 눈과 눈사태의 물리적 현상에 관한 학위를 가지고 있으며 10년 동안 콜로라도, 몬태나, 오레곤, 유타주에서 눈사태 안전 훈련을 실시하고 있다.

총을 맞을 위기라면
브래디 제릴: 앞 참조

산에서 길을 잃었을 때
존 린드너: 콜로라도 마운틴 클럽, 서바이벌 학교 교장 (위 참조).

성냥 없이 불을 피우려면
멜 디위즈: 서문 참조

벼락을 맞지 않으려면
존 린드너: 옆 페이지 참
조.
미국기상협회의
벼락에 대한 안전
그룹
콜로라도주 덴버 소재
국립기상관측소

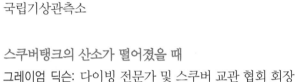

스쿠버탱크의 산소가 떨어졌을 때
그레이엄 딕슨: 다이빙 전문가 및 스쿠버 교관 협회 회장

저자에 관하여

조슈아 피븐은 컴퓨터 저널리스트이며 프리랜서 작가이고 지프데이비스 출판사의 전편집장이다. 조슈아는 오토바이를 타고 칼을 휘두르는 강도의 추격을 받았으며, 지하철 터널에 갇히기도 했고, 강도를 만나 등뒤에서 목을 조르는 일을 당하기도 했으며, 도어를 부수거나 자물쇠를 열어야 하는 일을 겪었다. 그의 컴퓨터는 정기적으로 박살이 났다. 이것은 그의 첫 저서이며 현재 필라델피아에 살고 있다.

데이비드 보르게닉트는 『어리석은 질문에 대한 작은 책(Hysteria, 1999)』, 『유태의 어미 거위(Running Press, 2000)』를 포함해서 여러 권의 논픽션을 저술한 작가이며 편집장이다. 그는 파키스탄에서 중무장한 차량들을 뚫고 나간 적이 있으며, 기차에 무임승차하기도 했고 사기를 당하기도 했으며, 적당한 이유를 붙여 다른 집에 침입한 적도 있고, 델타 항공의 음료 카트로부터 미니 술병을 "빌리기도" 했다. 필라델피아에서 아내와 살고 있다.

*더 많은 최신 정보를 원하면 www.worstcasescenarios.com을 클릭하라. 당신에게 무슨 일이 일어날지 결코 알 수 없기 때문이다.

옮긴이 양은모

★

서울에서 태어남. The Korea Harald에 근무.
방송통신대학 영문학과를 졸업하고 성균관대학교
영한번역전문가 양성과정을 수료했다.
번역서로는 『디지털 미디어』, 『종교』 등이 있다.

최악의 상황에서 살아남는 법
조슈아 피븐 외 지음

★

초판 1쇄 발행일 2001년 2월 15일
초판 6쇄 발행일 2005년 11월 21일
개정판 1쇄 발행일 2014년 7월 5일

★

옮긴이 · 양은모
펴낸이 · 김종해
펴낸곳 · 문학세계사
주소 · 서울시 마포구 신수로 59-1(121-110)
전화 · 702-1800, 702-7031~3
팩시밀리 · 702-0084
이메일 · mail@msp21.co.kr   www.msp21.co.kr
www.ozclub.co.kr(오즈의 마법사)
출판등록 · 제21-108호(1979.5.16)

★

값 9,000원

ISBN 978-89-7075-584-7   03840
ⓒ 문학세계사, 2014